私より強い男と結婚したいの

Watashi yori Tsuyoi otoko to Kekkon Shitaino

清楚な美人生徒会長（実は元番長）の秘密を知る陰キャ（実は彼女を超える最強のヤンキー）

高橋びすい
イラスト：Nagu
キャラクター原案・漫画：水平線

「あ、あああ、あああいし……ふにゅう～～～」

「雫花先輩……？」

ぷしゅ――っと湯気でも出そうな勢いで、
雫花の顔が真っ赤になったかと思うと、
そのまま小さくなって頭を垂れてしまった。

「会長自爆！　陰キャの勝ちー！！」

美藍が笑いながら秋良の側の旗を揚げる。

――あ、危なかった……！　あと一秒遅かったら、
僕のほうが負けてた！

秋良は胸をなでおろす。

心臓はドキドキ早鐘を打っている。

「会長弱すぎ～」

美藍はゲラゲラ笑っていた。

「そ、そっか……」

「大丈夫です、振りです」
秋良の顔は、雫花の唇に唇が触れるか触れないか、
というところで止まっている。
「そ、そっか……」
そう言いつつ、雫花が目を閉じたのが見えた。
――まるで本当にキスをしているみたいで、
心臓がドキドキする。
体も触れ合ってしまっているので、心臓の音が、
雫花に聞こえてしまっているかもしれない。
それともこの脈動は、雫花のものだろうか。

「俺に喧嘩を売るなんて、いい度胸だな」

現れたのは、息をのむほどの美貌。

ずっと自信なさげな猫背だったのが、
すらりと背筋を伸ばし、堂々たる立ち姿に変わっていた。

「こ、こいつ、日影市の〝番長〟じゃね!?」

しりもちをついていない男が言った。

「あ、あの、日影市の抗争を一日で収めて
テッペン取ったっていうあいつか!?」

しりもちをついている男が叫ぶように訊く。

「お待たせしました、
番長」

もくじ

INDEX

私より強い男と結婚したいの2

清楚な美人生徒会長（実は元番長）の秘密を知る陰キャ（実は彼女を超える最強のヤンキー）

高橋びすい

ファンタジア文庫

3211

口絵・本文イラスト　Nagu
キャラクター原案・漫画　水平線

私より強い男と
②
結婚し
清楚な美人生徒会長（実は元番長）の
秘密を知る陰キャ（実は彼女を超える最強のヤンキー）

プロローグ　元ヤン生徒会長と陰キャ番長

県立日影《ひかげ》高校──。

校舎の脇を走る非常階段に、少年が一人、腰を下ろしていた。

眼鏡をかけた地味な少年だった。黒い髪は野暮ったくボサボサで、華奢《きゃしゃ》な体は猫背気味。

もぐもぐと菓子パンを頰張る姿には哀愁が漂っている。

名前は小暮秋良《こぐれあきら》。一年E組。見た目通りの陰キャである。

──やっぱり非常階段で食べる菓子パンは最高だな！

秋良は思った。

究極のボッチ飯スポット、非常階段。

静かで涼しくて、日も当たらないから日焼けの心配もない。屋根もついているから雨も怖くない。

誰にも邪魔されず、一人、穏やかに食事ができる。

六月の初め──衣替えの季節を迎え、秋良は夏服に身を包んでいた。しかし、服装が変わっても、相変わらずボッチのまま。

高校一年の六月にもなって、秋良には一緒にお昼を食べる友達すらいなかった。

いや、これでも、友達と呼べそうな人は二人ほどいた。でも一人は陽キャのギャルで、普段は秋良とは違うグループで楽しそうにしている。もう一人はそもそも違う学年だ。

だから必然的に秋良はボッチ飯をキメるしかないのだった。

なんだろう……友達ゼロ人のときより、非常階段の感触が冷たい気がする……。

喜びを知ると、人は痛みを感じやすくなるのかもしれない。

「あ！　やっぱりここにいた！」

階下から声がした。

視線を向けた途端、ドキッとして、秋良は菓子パンを落としそうになる。

一人の少女が、微笑《ほほえ》みながら、秋良のほうに歩いてきた。

艶やかな髪と、それに縁どられた美しい相貌。顔の形、体の線、どれをとっても、まるでどこかの天才彫刻家が設計したかのような完璧な美しさが感じられる。

彼女が来た途端、日の当たらない非常階段に陽光が差し込んできたみたいだった。

高崎雫花《たかさきしずか》——この日影高校の生徒会長である。

容姿端麗、文武両道、おまけに心優しい彼女は、学校中の注目の的。人望が厚く、高校二年生にして生徒会長を務めている。陰キャボッチの秋良からしたら、まさに雲の上の女神とも呼べる存在だった。

「隣、いいかな?」

「もちろんです! あ! ちょっと待ってください!」

秋良はポケットからハンカチを出し、階段の上に敷いた。雫花のような麗《うるわ》しい女性を、地べたに直接座らせるわけにはいかない。

「わっ、ありがとう。気にしなくていいのに」

「いえいえ、このくらい当然です!」

そもそも自分のような陰キャボッチの隣に座ってもらうのは恐れ多いのだが、雫花はカーストによって人の扱いを変えるような人ではないので、そこは優しさに甘えさせてもらう。

雫花は弁当箱を開いて、食べ始める。

孤独なボッチ飯が、友人との幸せな時間へと変貌する。

——雫花先輩とお昼……幸せすぎか。

目頭が熱くなるが、必死に涙をこらえる。以前、雫花には、突然泣き出して心配されたことがある。気をつけなければ。

なぜ秋良のようなボッチと雫花が仲良くしているか。

たしかに雫花は誰とでも分け隔てなく接するが、とはいえボッチが一緒にお昼を食べられるような身分の人間ではない。普通に生きていたら、秋良みたいな陰キャは、会話をすることすら叶《かな》わないような存在である。

秋良みたいなカースト最底辺の男が、雫花と仲良くできている理由――それは、ひょんなことから、雫花の秘密を知ってしまったからだ。

雫花は日影市では伝説として語り継がれている女番長――〝サイレント・ライオット〟だったのである。

サイレント・ライオットは三年ほど前、突然、日影市に降臨し、たった一年で、日影市のヤンキーたちをぶちのめして、傘下《さんか》に収めてしまった。

彼女は一人で大規模な暴動《ライオット》並みの混沌《カオス》を生み出すほどの戦闘能力を誇っていたと言われる。彼女と遭遇して立っていられたヤンキーは一人もいなかった、と――。

誰よりも強く、誰よりも番長にふさわしかった彼女だが、天下統一を果たしたあと、忽《こつ》然《ぜん》と、日影市から姿を消してしまった。

彼女が言い残した言葉、それは――

「私より強い男を探しにいく」

だったと言われる。

そんな彼女が、実は、まだ日影市にいて、日影高校の生徒会長をしていたのだった。

この秘密を知ったとき、秋良は、

「どうして番長なんてやってたんですか？」

と尋ねた。

すると雫花は、

「私は白馬の王子様——私より強い男と結婚したいの」

と答えた。

雫花は小さいころから、自分より強い男を探していた。その一環として、ヤンキー界に殴り込んでみたのだという。ヤンキーたちは強そうだったから。だが、残念ながら、みんな倒して番長にまでのし上がってしまった、と……。

番長をしていたのは秘密だったのだが、秋良は偶然、この事実を知ってしまい、それがきっかけで交流が生まれた。

以来、秋良はときどき、生徒会の仕事を手伝ったり、一緒にカラオケに行ったりしている。また、こうしてたまには一緒にお昼を食べることもあった。

雫花の影響力をもってすれば、秘密を知っている秋良を学校から排除することもできそうだった。はっきり言って、秘密を言いふらす危険がある秋良は爆弾だ。処理してしまったほうが安全だと思うが、そういう邪悪な手段を彼女は絶対に取らない。

――僕みたいなボッチと仲良くしてくれる雫花先輩、本当に優しいよなぁ。

秋良は一緒にお昼を食べながら、しみじみと思う。百円で買った菓子パンが高級フレンチみたいにおいしく感じられる。いや、高級フレンチなんて食べたことないけど……。

「そうだ、秋良くん。今日の放課後って暇かな？」

雫花の言葉で、秋良は現実に引き戻される。

「暇ですよ！　僕、基本ボッチなので、予定とかないです！」

秋良は笑顔で答えたが、雫花の表情が微妙なものになる。

「なんか、ごめん……」

可哀想《かわいそう》なものを見るような視線を感じるが、気にしない、気にしない。

「それじゃあ秋良くん、生徒会の仕事、ちょっと手伝ってくれない？　生徒会活動の一環で、ボランティア活動があるんだけど、生徒会メンバーがみんな忙しいみたいで、摑《つか》まらなくて」

「いいですよ！」

秋良は二つ返事でうなずいた。どうせ家に帰ったって、一人でスマホゲーをやるかアニメを見るくらいしか娯楽はない。むしろ、雫花と一緒にいられるなんて本望だ。

「ありがとう！　いつも助かるよ〜」

ちょっと心配そうだった雫花の顔が、ぱーっと笑顔になる。

あまりの可愛《かわい》さに見惚《みと》れてしまう。

ホントに、陰キャにはもったいない笑顔だ。


放課後、日ノ影橋《ひのかげばし》近くの河川敷《かせんじき》に秋良と雫花はいた。

ビニールのゴミ袋を左手に、トングのようなゴミを拾う器具を右手に、作業をしていた。

ちなみに、このトングのような物体、火バサミと言うらしい。雫花が教えてくれた。

「これでだいたい終わりですね」

秋良はうーんと伸びをして言った。

「さすがに二人だと、けっこう時間かかっちゃいましたね。美藍《みらん》さんにも連絡したんですが、用事があったみたいで……」

美藍とは、松田《まつだ》美藍——秋良のクラスのギャルにして、秋良の友達ナンバーツーである。

ただ、ギャルなので、放課後は何かと忙しいようだ。

「私は全然平気だよ。二人きりなのはラッキーって言うか……デートみたいで嬉《うれ》しいって言うか……」

後半、雫花はごにょごにょと言葉を濁したので、秋良は聞き逃した。

「ラッキー？　どうしてです？」

何とか聞き取れた〝ラッキー〟という言葉を出しつつ、尋ねる。

「こ、こっちの話！　さて、そろそろ帰ろっか」

と、雫花が言ったときだった。

ぽーん、ぽーん、ぽーん、と三つの物体が、秋良たちの目の前で放物線を描き、河川敷をバウンドした。

そのまま少しコロコロ転がって、止まる。

ジュースの空き缶だった。

「「あ！」」

秋良と雫花は同時に声を上げ、空き缶が放たれたほうに顔を向ける。

ガラの悪い三人の男が、ニヤニヤ笑いを浮かべながら、秋良たちのほうを見ていた。

「悪い悪い、手が滑っちゃってさ～」

一人がわざとらしく言った。

秋良《あきら》たちがゴミ拾いをしていたのを見ていて、わざと空き缶を捨てたようだ。

「まったく、せっかく掃除したのに……」

雫花はため息をつくと、空き缶に火バサミを伸ばそうとしたが、秋良は手で制した。

「いえ、彼らに拾わせましょう。彼らが出したゴミなんですから」

秋良は男たちのほうへつかつかと歩み寄る。

「すみませんけど、ゴミはちゃんと持ち帰ってください」

「あー？　なんだってー？　聞こえねぇなぁ」

男たちはニヤニヤ笑いをやめない。

ひ弱そうな陰キャである秋良を、完全にナメ切っている。

「クソ陰キャがエラそーに指図してさ？　大丈夫なのかなー？」

「陰キャとか関係ないでしょう。ちゃんとゴミを拾ってください」

秋良がもう一度言うと、男たちは不快そうに眉をひそめた。

「――おい、いい気になるなよクソ陰キャが。優しくしてりゃ、つけあがりやがって」

男の一人が突然、拳を突き出してくる。

不意打ちのパンチ。

常人だったら、顔面に一撃をもらって、悲鳴を上げていただろう。

しかし、

パシッ！

野球のボールがミットに収まるみたいに軽やかな音とともに、男の拳は秋良の左手に受け止められた。

男たちが呆然《ぼうぜん》とする。

秋良はギリギリと、男の手を摑む力を強める。

「い、いて、いてててて‼　はなせ、はなせよおお‼」

パッと手をはなすと、男は勢い余ってしりもちをついた。

「な、なんなんだ、おまえ……！」

その言葉に応えるように秋良は眼鏡を外し、髪をかき上げた。

「おまえら、俺に喧嘩《けんか》を売るなんて、いい度胸だな」

現れたのは、息をのむほどの美貌。

ずっと自信なさげな猫背だったのが、すらりと背筋を伸ばし、堂々たる立ち姿に変わっていた。

「こ、こいつ、日影《ひかげ》市の〝番長〟じゃね⁉」

しりもちをついていない男が言った。

「あ、あの、日影市の抗争を一日で収めてテッペン取ったっていうあいつか⁉」

しりもちをついている男が叫ぶように訊《き》く。

――そう、秋良は普段はただの陰キャボッチだが、実は、日影市のヤンキーたちをまとめる、最強の〝番長〟なのだった。

「おい、もう一度だけ言う。ゴミを片づけろ。さもないと……」

秋良は右手の拳を握りしめ、振りかぶってみせる。

「おまえたちを掃除させてもらうぞ？」

「「す、すみませんでしたー‼」」

男たちは凄《すさ》まじい速さで空き缶を回収すると、脱兎《だっと》のごとく逃げ去っていった。

＊

そのやり取りを、雫花《しずか》はただ黙って見つめていた。

――秋良くん、今日もカッコいい‼

本当は、男たちを注意するのは、生徒会長である雫花の仕事だったと思う。

だが、秋良がカッコよすぎて、それどころではなく、ただ呆然と見つめることしかできなかった。

サイレント・ライオットである雫花……。

彼女は日影市の番長になるために、一年を要した。

対する秋良は一日でそれを為《な》した。

つまり、秋良こそ、雫花の追い求めていた〝私より強い男〟だったのである。

「さて、雫花先輩、学校に戻りましょうか」

秋良が眼鏡をかけ、いつもの優しい姿に戻る。

「う、うん。そうだね」

その穏やかな彼を見ても、キュン、と胸が締めつけられてしまう。

――ああ、優しい秋良くんも素敵……！

ついに白馬の王子様を見つけた雫花は、当然、恋に落ちた。

だが、その恋路は、前途多難だった。

ヤンキーと生徒会長しかやってこなかった雫花には、恋愛がわからない。どうやったら秋良と結婚できるのか……付き合うことができるのか。

いろいろ試しているが、まったくうまくいっていない。

先日、雫花は絶好の告白タイミングを逃していた。

大失敗である。

だが、友人の美藍を交えてではあるが、一緒に勉強会をする約束をしていた。

──今度こそ、秋良くんと恋人どうしになるぞ！　そしていつか、プロポーズしてもらうんだ！

雫花に歩幅を合わせ、ゆっくりと歩いてくれている秋良を横に感じながら、雫花は決意を新たにする。

──こうして最強な二人の最弱な恋愛劇が、再び幕を開ける。

第1話　〝愛してるよゲーム〟作戦

1

放課後の生徒会室──。

外からは部活動にいそしむ生徒の掛け声が聞こえ、校舎内からは吹奏楽部の鳴らす金管楽器の音が響いてくるなか、雫花は一人、仕事をしていた。

入り口の戸は開け放している。いまは暖かい季節だし、開けておいたほうが、用事のある生徒が入ってきやすいと思っているからだ。

「おーっす、会長、いるー？」

一人の女子生徒が、その開け放たれた入り口から生徒会室に入ってきた。

すらりとした、モデルのようなプロポーションの彼女。腰に学校指定外のカーディガンを巻き、ワイシャツのボタンは二つ外している。ソックスも指定外の可愛いものをはいていて、スカートはギリギリまで短い。

一言で表すと、彼女はいわゆるギャルだった。

「美藍《みらん》さん、お疲れ様」

ギャルの名前は松田《まつだ》美藍。秋良と同じ一年E組で、美化委員をしている。

「おっすおっす。美化委員会の新しい名簿、持ってきたよ」

「ありがと〜」

——先日の事件で、美化委員長の国場剛志《こくばつよし》が退学になった。その関係で名簿を作り直す必要があり、作って持ってきてもらったのだ。

国場の名前が消えた名簿を見て、ちょっと複雑な気分になる。

いい人だと思ってたんだけどなぁ……。人は意外と見かけによらない。

ただ、見かけによらないと言えば、秋良のように、一見大人しそうに見えるけど、実はめちゃめちゃ強くてカッコいい人もいるわけで……。

「…………」

雫花は、国場に襲われたときに助けにきてくれた秋良を思い出し、胸が熱くなった。

カッコよかったなぁ、秋良くん。

「それでそれで〜」

美藍がニヤニヤ笑いを浮かべながらすり寄ってきた。

「陰キャとは今、どんな感じなわけ?」

「はへっ⁉」

ちょうど秋良のことを考えていたところだったので、変な声が出てしまう。

「ど、どんな感じって……？」

「決まってんじゃん！　もう付き合ってるんだろって訊いてるの！　陰キャのやつ、すご～い勢いで会長を助けてくれたじゃん？　あれで盛り上がって、もう恋人って感じなんだろー？　この、このぉ！」

ぐりぐりと肘でつついてくる美藍。

「えっと、あの……」

美藍の期待とは裏腹に、まったく進展がない。

困った、どうやって返そう……。

「チューはした？　あ！　もうベッドインしちゃったとか⁉」

「なななな⁉　まだ何もしてないよ！　っていうか付き合ってないから‼」

雫花が言うと、美藍はものすごい勢いで両目を見開いた。

まさに驚愕《きょうがく》、といった表情。

「マジかよ！　あれだけ劇的なイベントがあって進捗なしとか、どんだけ奥手なんだよ！」

「うう……返す言葉もありません………」

雫花は凹《へこ》んだ。そのまま床の下にめり込んで消えたい。

好き、とは言えたんだもん。ただ、最後の最後でヒヨって否定しちゃっただけだもん！

世の中結果がすべてとは言うけれど、ラブレターもまともに送れなかった自分としては大進歩だと言いたい。言いたい……。

「でも、そっか。まだ会長たち、付き合ってないんだ。ふぅん」

と、美藍は突然、神妙な顔をした。口元に手を当て、空を見つめる。

「じゃあさ、まだアタシにもチャンスあり？」

「‼」

え、まさか、それって……⁉

「いやー、学校にも慣れてきたし、そろそろ彼氏ほしいなって思ってたんだよなー。会長が陰キャにアプローチする気ないなら、アタシ、ちょっと頑張っちゃおうかなぁ」

「え⁉　ええ⁉　美藍さん、秋良《あきら》くんのこと好きなの⁉」

「アタシ、ああいう、あんまり押しが強くないけど、やるときはやるってやつ、好みなんだよねー」

頬をかすかに赤らめながら、もじもじし始める美藍。

そ、そんな、ホントに、美藍さん、秋良くんのこと……。

「ダメ！　絶対ダメ‼　美藍さんは、友達だけど、私、絶対、秋良くんは諦めないよ！

だから……」

泣きそうになる。

どうしよう。ギャルの美藍さんは、きっと恋愛経験も豊富だろうし、私みたいな初心者じゃきっと歯が立たない。

何より友情がブレイクするのも辛《つら》い。

「友達だって、譲れないときはあるよ？」

いつになく真剣なまなざしで、美藍は雫花のことを見つめた。

「そ、そんな……」

絶望的な気持ちになる。

「美藍さん、私、私……」

と──

「──ぷっ、くくく、あははは！」

突然、美藍が笑い出した。

「冗談だって！　会長って、からかうと面白いなぁ」

バンバン机を叩《たた》いて大笑いする美藍。

雫花が事態を理解するのにほんのちょっと間があった。

理解した瞬間、ぷーっと膨れる。

「やめてよ美藍さん！　冗談でも言っていいことと悪いことがあるよ‼　好きな人がカッコいいと、冷や冷やするんだから‼」

「そう、そこだ」

ピシッと、美藍は人差し指を立てた。

「会長の言う通り、正直、陰キャはカッコいい。あんな男前、そうそういないぜ？　ってことは、だ。今後、競争が激化する可能性がある」

「競争……？」

雫花はピンとこなかった。

「会長、しっかりしてくれ！　さっきも言った通り、アタシら一年は、学校にも慣れてきて、そろそろプライベートを充実させたくなってくるころだ。夏休み、一人は寂しいじゃん？　んで、陰キャは絶賛、魅力を放出中。一人や二人、陰キャに言い寄ってくるやつが出るかもね。夏休み前マジックってやつだ」

完璧に理解した。

秋良くん争奪戦が始まるってことだ‼

「ど、どどどうしよう！」

「簡単だよ。告《こく》っちゃえばいいんだ」

「ついこの間、告り損ねちゃったから無理だよ！」

雫花《しずか》は、前回の状況を説明した。

国場を倒した秋良にお姫様抱っこされたとき、思わず「好き」と言ったのち、気絶したこと。

けれど翌日、秋良に「気を失う直前、何か言いましたよね」と訊《き》かれたとき、誤魔化《ごまか》してしまったこと。

「どうして⁉　どうしてそこで好きって言えないの⁉」

「私が一番訊きたいよおおお！　うわーん‼」

情けなくも机に突っ伏す雫花。

「――でも、告っても断られたかもしれないし、結局、秋良くんが私のこと、どう思ってるか、わからないし……」

いじいじと、机に指で「の」の字を書きながら、ひっそりと涙する。

「大丈夫だと思うけどねー。あれだけ必死に助けたってことは、会長が好きなんじゃないの？」

美藍は苦笑まじりに言った。

雫花は「会長が好き」という言葉を聞いて頰が熱くなる。

が、すぐに冷静になる。

「……秋良くんはさ、優しいから。たぶん私じゃなくても助けると思うよ」

ぽつりと言った。

秋良はたしかに、雫花を助けてくれた。でも、美藍だって助けたし、見ず知らずのカップルたちを助けたこともある。ゴミのポイ捨てをしたＤＱＮを成敗したりもする。

まあ、そういう優しいところが好きなんだけどね！　と胸が熱くなるわけだが――

同時にとんでもない事実に気づく。

「待って？　秋良くん、友達がいないって言ってるけど、控えめな性格だから友達作りが苦手なだけで、一度でもきちんと絡《から》めば彼のよさにはみんな気づくから……」

雫花は頭を抱えた。

「あああ！　私がいままで秋良くんと仲良くできてたのは、元番長だってバレたおかげで友達第一号になれたからなんだ！　ただの偶然だ！　これからはどんどん、秋良くんと仲良くなる人が増えてくるから……マズい！　マズいよ美藍さん‼」

雫花は美藍にすがりつく。

「落ち着けって会長！　まだ負けたわけじゃないんだから！　よし、そしたらさ、今度三人でやる勉強会で、陰キャが会長のこと、どう思ってるか確認しよう！」

「え⁉　そんなことができるんですか師匠⁉」

「アタシに考えがある。名づけて、〝愛してるよゲーム〟作戦だ！」

2

土曜日だったが、秋良は制服を着て、生徒会室にいた。

雫花と美藍と一緒に、来週行われる中間テストに向けた勉強会をしようという話になっていたのだ。いま、その真っ最中である。

雫花は、ピンと背筋を伸ばし、優雅に数学の問題に取り組んでいる。分厚い参考書の問題をさらさらと涼しい顔で解いている姿は、さすが学年一位の実力者といった様子。入学以来、ずっとトップの座を維持しているのだという。

一方の美藍は、けっこう苦戦している感じだった。眉根をぎゅっと寄せ、「む～」とうなりながら、参考書にかじりついている。頑張ってる感じがして、好印象だった。

そして秋良は……。

——友達と勉強会……楽しいなぁ。

じーんと心の中で涙を流していた。

秋良も、普通の高校生。勉強が取り立てて好きなわけではない。だが今回は、友達と勉強できるのだから、最高だ。

——雫花先輩と仲良くなってから、高校生活がどんどん楽しくなるなぁ。

幸せを噛《か》みしめながら、秋良は世界史の人物名の暗記をする。

「あ〜〜〜」

二時間くらい経《た》ったころだろうか。

ついに、美藍《みらん》に限界が来た。

「飽きた！　もう一生分勉強したわ！」

「そろそろ休憩しよっか」

雫花もうなずく。

「賛成です」

秋良もけっこう疲れていた。

「よーし、なんかゲームやろうぜ」

「ゲーム、ですか。でもゲーム機持ってきてないです」

秋良はちょっと申し訳ない気持ちになる。

せっかく友達で集まるなら、用意しておいたほうがよかったのかな……。

「大丈夫。アタシが考えてるゲームは、何も用意する必要ないから。〝愛してるよゲーム〟って知らない？」

「あいし……なんです？」

「愛してるよゲーム。合コンとかでよくやるやつだよ。ルールは簡単。プレイヤーは二人で、先攻と後攻を決める。それで向かい合って、先攻の人が後攻の人に、『愛してるよ』って言う。んで、攻撃したほうされたほう関係なく、照れたほうが負け。先攻の攻撃のときにどっちも照れなかったら、次は後攻が『愛してるよ』って言う」

「変わったゲームですねぇ」

「合コンだと盛り上がるんだよ」

美藍のようなギャルの間では一般的なゲームなのかもしれない。陰キャボッチである秋良は、当然、合コンになど行った経験がないので、よくわからない。

「総当たりで、それぞれ四本勝負するみたいな感じでどうかな？」

雫花が言った。

「勝敗が決するまでやるとけっこう時間かかるから、先攻、後攻、両方耐えきったら、引き分けにしようか。それで、勝率が一番高い人が勝ちとか。先攻、後攻はそれぞれ二回ずつって感じで」

雫花もこの〝愛してるゲーム〟を知っているらしい。雫花は合コンに行くイメージはないが、常識として知っているのかもしれない。

「いいねいいね。ただやるだけじゃつまんないから、負けたやつはジュース奢《おご》るって感じでどうだ？」

美藍が挑戦的に言う。

――なんだか面白くなってきたぞ。

いままで友達とゲームをやることなんて全然なかったから、秋良《あきら》は俄然《がぜん》、やる気になる。

「望むところです！」

「秋良くんがＯＫなら、私もＯＫだよ」

「よーしわかった。んじゃあ、まずは、会長対陰キャで」

「了解！」「了解です！」

こうして、第一回〝愛してるよゲーム〟大会が幕を開けた。

椅子を並べ、秋良と雫花は向かい合って座った。

必然的に、まじまじと、雫花の姿を見つめることになる。

艶やかで美しい長髪。長いまつげ。澄んだ瞳と、すーっと通った鼻筋。

ちょっと伏し目がちにしていて、頬がわずかに上気しているのが、なんだか少し色っぽい。

そんな、最高級の美貌が、いま、秋良の目の前にある。

〝愛してるよゲーム〟は照れたら負けのゲームである。

しかし秋良は、ゲームが始まる前からすでに照れそうだった。こんなに美人の雫花の口から「愛してる」なんて言葉が出てきたら、一発で落とされる自信がある。

あまりにも絶望的な勝負だった。

秋良はジュース代を頭の中で計算する。うん、まだ今月はお金が十分あるから大丈夫……。

「い、行くよ、秋良くん！　あ、あ……」

雫花の形のいい唇が開く。だが、息苦しいのか、ぱくぱく開けたり閉じたりを繰り返すだけで、言葉は出てこない。

「雫花先輩……？」

「あ、ああ、あああいし……ふにゅう～～～」

ぷしゅ――――っと湯気でも出そうな勢いで、雫花の顔が真っ赤になったかと思うと、そのまま小さくなって頭を垂れてしまった。

「会長自爆！　陰キャの勝ちー‼」

美藍が笑いながら秋良の側の旗を上げる。

――あ、危なかった……！　あと一秒遅かったら、僕のほうが負けてた！

秋良は胸をなでおろす。心臓はドキドキ早鐘を打っている。

「会長弱すぎ～」

美藍はゲラゲラ笑っていた。

「み、美藍さん、やってみなよ！　超恥ずかしいから！」

雫花は不満げに席を立ち、椅子を指さす。

「ふふん」

対する美藍は、余裕の表情で椅子に座った。

「歴戦の猛者《もさ》である美藍様にかかれば、こんなのちょちょいのちょいだよ。いくぞ、陰キャ！」

「は、はい！」

秋良がうなずくと、美藍はぐっと顔を寄せてきた。

そして、

「あ・き・ら♪　愛してるぞ♡」

とびっきりの笑顔で、愛の言葉をぶちまけた。

「――ッ‼」

心臓が止まるかと思った。

え⁉　美藍さんって、こんなに可愛《かわい》かったの⁉

いつもの気だるげな顔だったり、ニヤニヤ笑いだったりではない。

小悪魔的な、悪戯《いたずら》っぽい笑顔だった。

その破壊力に秋良が耐えられるはずもなく、直視できずに、顔をそむけた。

顔がめちゃくちゃ熱い。もしかしたら耳まで赤くなっているかもしれない。

「はいはーい！　アタシの勝ち～！」

「ちょっと秋良くん！　照れすぎでしょ‼」

雫花《しずか》が眉を吊《つ》り上げてなじってくる。

「だ、だって、美藍さん、可愛くて……」

「むー！」

「やーい、会長！　悔しかったら陰キャを照れさせてみな！」

「くぅ～、見ててよ！　さっきはちょっと油断しただけなんだから！」

再び、雫花が秋良の前に座った。

「秋良くん。よーく、聞いてね」

「は、はい」

「私、秋良くんを、あ、あい、愛して……ふにゅぅ～～～～」

雫花、沈没。

「陰キャの勝ちー！」

「もおおお、どうして！　どうして‼」

めちゃくちゃ悔しがる雫花が可愛く見えて、秋良はちょっと照れたけれど、二人には気づかれなかった。

――雫花先輩、いつもは凛《りん》として大人っぽいけど、勝負ごとになると、子供っぽくなるんだよなぁ。

微笑《ほほえ》ましく感じる。この勝負への執念が、ヤンキー界でトップを取った一因なのかもしれない。

「仕方ない。だったら、美藍さん、私と勝負して！　秋良くんに勝てないなら、直接美藍さんを倒せばいいんだ！」

「お、いいねぇ。かかって来いよ」

秋良は立ち上がって美藍に席を譲った。

雫花はきっと美藍を睨《にら》む。対する美藍は余裕の表情だ。

「私が先攻ね」

「いいよぉ？」

ふーっと、一度深呼吸をすると、雫花は上目づかいになった。

「美藍さん……私、美藍さんのこと……愛してる」

「ぐっ……」

明らかに美藍はダメージを受けた様子だった。ちなみに秋良は沈没した。先輩、可愛すぎです。

「秋良くん、判定は？」

「美藍さん、セーフ」

「ちっ……」

「じゃあアタシだね。会長！　愛してるよ？」

「むっ……」

雫花もダメージを食らったようだ。

っていうか、この二人、本当に美人だな……。その美人二人が、「愛してる」って言い合ってる世界……まるで楽園だ………。

「陰キャ、判定は？」

「あ！　すみません。雫花先輩、セーフです！」

「くっ、なかなかやるな……！」

——といった感じで、雫花VS美藍《みらん》は、いい勝負だった。一進一退の攻防、といった感じ。四試合の戦績は、それぞれ一勝一敗二分けとなった。

秋良VS雫花は、雫花先攻は二敗に終わったが、秋良先攻も二敗に終わったため、それぞれ二勝二敗。

そして秋良VS美藍は、美藍の三勝で、ラスト一戦になっていた。

椅子に座って対峙《たいじ》する、秋良と美藍。

——もう僕の負けは決まり、か……。

ここまで、雫花が三勝三敗二分け、美藍が四勝一敗二分け、秋良が二勝五敗だった。秋良はあと一勝したところで、ビリ確定である。

だが——。

秋良の脳裏には、雫花の真剣な表情がちらついている。

たとえ遊びだとしても、真剣に勝負する雫花――ムキになって戦う姿は子供っぽいかもしれないが、真摯に勝負に打ち込む姿勢は立派だと思った。

もう勝負は決まっているとしても、最後まで真剣に戦うべきだ、と秋良は思う。

「じゃあラストは陰キャ先攻だぞ。ほら、来いよ」

美藍は余裕しゃくしゃくといった感じだ。当たり前だ。ここまで秋良は惨敗《ざんぱい》しているのだから。

一矢《いっし》報いるんだ。

何か、何か方法は……！

だけど、僕みたいな陰キャから告白されたって、照れるわけない。くそ……八方ふさがりか……！

待てよ、と思う。

そうだ、陰キャだからいけないんだ。

美藍は秋良みたいな自信なさげな日陰者には興味がないから、何を言われても効かない。

でも、もっとワイルドな男が相手だったら、どうだろう？

たとえば、〝番長〟が相手だったら？

「お？」

秋良《あきら》は眼鏡を取り、髪をかき上げた。

美藍が興味深げに、秋良を覗《のぞ》き込んでくる。

その瞳をまっすぐ見つめ、秋良は言い放った。

「愛してるぞ、美藍」

ボン！　と音がしたかと思った。

そのぐらい劇的に、美藍の顔は真っ赤に燃え上がった。

「あ、いや、その……」

あたふたと、目が泳ぎ、

「ありがと？」

そう言って、逸《そ》らした。

「やった！　僕の勝ちですね！」

眼鏡をかけなおし、秋良はガッツポーズをする。

「くっ、油断した……！　イケメンイケボとか反則じゃん！」

「あああ‼　美藍さんだけズルい！」

雫花が叫ぶ。

「え？　ズルい？」

秋良は首をかしげた。

「負けたのに、なんでズルいんですか？」

「それは……番長モードでこくは……な、なんでも、ない………」

なぜか顔を赤くしながら顔をそむける雫花。

「ふふん、強者へのご褒美《ほうび》だよ。会長は眼鏡の陰キャに『愛してる』って言えなかったじゃん」

「だ、だって、眼鏡の秋良くんも、知的で、その、カッコいいんだもん……」

最後の「カッコいい」の部分はほとんど声になっていなかったため、秋良は聞き逃した。

「まー、とはいえ、勝率では、陰キャの負けだな。というわけで、ジュースよろしく！

アタシ、ジンジャーエールで！」

「ごめんね、秋良くん。私はカフェオレで」

「了解です！」

秋良は嬉々《きき》として席を立った。

負けたけれど、楽しいゲームだった。ジュース二本奢《おご》るのなんて、安いもんだ。

3

「失敗したなー」

美藍がため息をつく。

勉強会からの帰り道——。

雫花と美藍は二人で歩いている。

秋良は先に帰ってもらっていた。一緒に帰りたそうにしていたが、美藍が「乙女どうしの秘密の話があるから席を外しな！」と言ったので、名残惜しそうにしつつ去っていった。

ちょっと心は痛むが、しかし、今日の反省会をしなければならないから仕方ない。

そして開口一番、美藍から出た言葉がこれだった。

不吉すぎる。

「私、何かマズいことした……？」

「いや、会長は何も悪くないよ。アタシや陰キャが悪いってわけでもないんだけど……」

歯切れの悪い言い方だった。

「陰キャのやつ、アタシ相手でも照れてただろ？　あの感じだと、そもそも女子と話すのに慣れてなくて、女の子耐性がゼロってことなんだよ。だから反応を見ても、会長にベクトルが向いてるのかまったくわからなかった……」

「そんなぁ」

がっくしと、雫花《しずか》は肩を落とした。

「まあでも、会長相手にも照れてたし、嫌いじゃないんだろ。女の子として意識してくれてもいる。それがわかっただけでもいいんじゃない？」

「それは、そうかもだけど……この状態で告白するのは、やっぱ怖いな……」

一度は告白しようと決意したが、熱が冷めればこの始末。我ながら情けないけれど、怖いものは怖い。

「何がそんなに怖いのさ」

「失敗したくないの！　一緒にいればいるほど、秋良くんって、理想の男性だなって思うんだ。同時に、もうこんなに素敵な人は、二度と私の前に現れない気がして……石橋を叩《たた》いて渡りたくなっちゃうの」

「石橋を叩きまくってぶっ壊しちゃったら元も子もないぞ、会長よ……」

美藍は呆《あき》れ顔である。

「ただ、そうだなー。陰キャも女性慣れしてないんだし、一気に距離を詰めすぎなくてもいいのかもね。とりあえず、頻繁にデートするだけでも、当面は大丈夫かも」

「と、言うと？」

「目下問題なのは、夏休み前マジックによって、陰キャが告《こく》られて、奪われるってのが怖いわけじゃん？」

「うんうん」

「会長が陰キャとよくデートしてれば、『なんだ、あいつ唾つきかよ』ってなって、恋人ほしいから男を物色してるようなやつは、とりあえず避けられるわけよ。おまけに、陰キャとの仲も深まって一石二鳥」

「な、なるほど……！　単純接触効果ってやつだね！」

雫花はポン、と手を叩く。

単純接触効果とは、ある存在に繰り返し触れていると、その存在への好意が増す、という効果だ。

知識だけは人一倍あるのが雫花である。学年一位の面目躍如。ただ、あまり役立てられていないのが玉に瑕《きず》。

「よし。じゃあまた美藍さんと三人で一緒に遊ぶ感じで……」

「それじゃあダメだよ」

ピシャリと言い放つ美藍。

「デートにはもう一つ、大事な目的がある。陰キャに、『あれ、雫花先輩、僕のこと好きなのかな?』って思わせるっていうね」

「で、でも……」

「いいかい、会長。夏はもうすぐそこ。陰キャのベクトルを少しでも自分に向けておきたいんだったら、自力でデートに誘うんだ。二人っきりで行く、本当のデートにね」

「う……」

反射的に無理、と言いそうになる。

でも……私が誘わなかったら、もしかしたら他の女の子が、秋良くんとデートするかもしれないんだよね。

それは、絶対に嫌だ。

だから――

「うん！　私、頑張るよ！」

「その意気だ会長！」

パーン、と美藍が背中をはたいてくる。

雫花の背中を力強く押してくれた感じがして、嬉《うれ》しかった。

こうして雫花は、中間テストのあと、秋良をデートに誘うことになったのだった。

勉強会中の一幕
美藍さん寝ちゃってる…
じゃあ秋良くんと私二人っきりみたいなものじゃない!?
よ、よし勉強を教えて急接近しちゃおう…
秋良くん何かわからないところとかある？
んーいまのところ大丈夫ですありがとうございます
そっか
秋良くん成績優秀ー！話しかける余地なし！
でも、まあ、一緒に勉強するだけで幸せだし、いいか〜
ふふ…
早くイチャつけよ！寝たふりしてやってんだからさぁ！

第2話　日影《ひかげ》市の黒き刃《やいば》

1

勉強会の日からしばらく経《た》った、六月の中旬。

月曜日の昼休み、秋良が校門前の掲示板に行くと、すでに人だかりができていた。

中間テストの成績上位者の名前が掲示されているのだった。各学年、上位五十名の名前が貼り出される。

秋良は人だかりの後ろのほうから、背伸びをして、掲示板を見た。

——あった！　三十五番だ！

かなりいい成績だ。雫花と一緒に勉強したのに成績が悪かったら悲しい、と思って、一生懸命勉強したかいがあった。

「二年生のほうは……あ、雫花先輩！　こんにちは！」

二年生の掲示のほうに行くと、雫花がいたので、秋良は挨拶した。

「こんにちは、秋良くん。成績、どうだった？」

「三十五番でした！　雫花先輩と一緒に勉強したおかげです！」

「秋良くんが頑張ったからだよー」

やわらかい笑顔と共にそう言われて、嬉しかった。雫花先輩、謙虚な人だなぁ。

「雫花先輩はどうでした？」

「私は……」

視線を、掲示板に向ける。

訊《き》くまでもなかった。

掲示板の一番上に書かれている、〝高崎《たかさき》雫花〟という名前。

二位以下に圧倒的な点差をつけてトップになっていた。

「雫花先輩、やっぱりすごいです」

「えへへ、ありがとう」

照れた感じで嬉しそうに笑う雫花は、最高に可愛《かわい》かった。

「いいないいなー、二人は頭よくて」

と、いつの間にか美藍《みらん》が二人のもとにやってきていた。

「美藍さんは、どうだったの？」

「もちろん、掲示板には載ってなかった！　これから返されるのが正直怖いよ！」

まったく怖くなさそうに言い放つ。相変わらず、肝が据わっている。

明日の朝のホームルームで、テストが一気に返却される。多くの生徒は、返却の際、自分の点数と順位を知るのだ。明日、明後日《あさって》くらいの授業は、今回のテストの解説をする授業が多いはずだ。

「松田《まつだ》。おまえは本当に緊張感がないやつだな」

声のしたほうを、三人は一斉に向いた。

数学の渋井圭太《しぶいけいた》先生だった。眼鏡をかけた四十代の男性教師で、授業はかなり厳しい。予習をしていない生徒は容赦なく叱責するし、計算間違いをすると嫌みな感じで指摘してくる。授業に緊張感があるので、苦手な生徒が多い先生だ。

「何すか?」

ちょっと眉をひそめて、美藍が訊く。

「数学、赤点だったぞ」

「えー、けっこう勉強したんですけどー」

と言いつつ、目を逸《そ》らしているあたり、あんまり勉強していなかったのではないかと、秋良《あきら》は思った。

「ダメなやつは、人の何倍も努力しないとダメなんだ。おまえは出来が悪い。努力しないと、本当に何もできるようにならないぞ？　ったく、停学から戻ったと思ったら赤点とは……手のかかるやつだ」

停学、という言葉が、秋良には引っかかった。

美藍は以前、クラスメイトの酒井輝《さかいひかる》を殴ったとされて、停学になった。けれどのちに誤解だったとわかり、停学も取り消しにされた。それなのに渋井は、停学の件を引き合いに出して、美藍に説教をした。

美藍が反論する様子はなかった。もしかしたら、慣れっこなのかもしれない。美藍は成績が悪く、また授業中に寝ていたりと授業態度もあまりよくないので、渋井のような厳しい先生から目をつけられがちだ。普段から嫌みを言われているのかもしれない。

だが、秋良は納得がいかなかった。

たしかに赤点は悪いけれど、停学の話は関係ない。

言い返そう、と口を開きかけた、そのとき、

「待ってください、渋井先生！」

雫花でも秋良でもない、別の人物が横やりを入れた。

声のしたほうを見ると、若い女性教師が、両手を腰に当てて、渋井を睨《にら》みつけている。押尾香織《おしおかおり》先生だ。教科は社会科で、現在、一年生の世界史を担当している。

年齢は、正確には知らないが、おそらく二十代半ば。溌剌《はつらつ》とした印象を受ける美女で、生徒たちから人気がある。若いのに教育熱心で、生徒たちの相談に親身になって乗ってくれるし、授業も楽しくとてもわかりやすいからだ。

「松田さんはたしかに、テストの結果は芳《かんば》しくなかったかもしれません。でも停学の件は、何も悪くなかったとわかったはず。違いますか？」

香織よりも渋井のほうが背が高く、しかも年上なのに、怖気《おじけ》づく様子は一切ない。

渋井は少し気圧《けお》されたようだ。

だが、美藍に向けていた威圧的な態度を、香織にも向け、

「日頃の行いが悪かったから疑われたんだ」

低い声で唸《うな》るように言い返す。威嚇する犬のようだ。

「だとしても、疑ってしまった私たちが間違っているんです。人を見かけで判断してはいけない……私たち教師が、まっさきに生徒たちに教えなければならないことでしょう？反省すべきなのは、私たちです」

香織はよどみなく言い切る。

そんな香織の周囲には、いつの間にか生徒たちが集まってきていて、その言葉に大きくうなずいていた。

もちろん、秋良や雫花《しずか》も同じだ。

完全に孤立無援となった渋井は、己の不利を悟ったようだ。

「ふん。まあ、停学の件は、俺たちが悪かったよ」

そう言ってそそくさと退散していく。

その後ろ姿に、香織は「べーっ」と舌を出した。使命感に燃えるタイプの先生だが、お茶目な顔も持っている。そういうところも人気の理由なのかもしれない。

「香織先生……ありがと」

美藍はペコッと頭を下げた。

「いいのよ。それより、停学の件、本当にごめんね。私たち教師が騙《だま》されるなんて、あっちゃいけないことよ」

「あの話は、別に大丈夫ですよ。みんなわかってくれたんで」

「優しいのね、松田さんは。ホントにいい子。たーだーし、赤点はダメだからね？ はい、これ」

プリントの束を香織は美藍に押しつけた。

「これは……？」

「課題。期限は六月中。松田さん、世界史も赤点だったから」

「これを期限までに出せば、夏休みの補習はなしにしてあげるから、頑張ってね♪」

「うー、飴《あめ》と鞭《むち》かよ〜」

肩を落とす美藍。

秋良と雫花は思わず笑ってしまった。

「うわー、めっちゃ量あるじゃん。むーりー」

プリントをパラパラめくりながら、美藍はうめいた。

「やる前から諦めちゃダメ。とりあえず、挑戦する。話はそれからよ」

「うーっす」

「じゃ、頑張ってね〜」

笑顔で去っていく香織。

「香織先生、ホントにいい先生だよね」

雫花が嘆息する。

「気さくだし、授業は面白いし。香織先生、社会なら何でも教えられるから、私、けっこう質問に行ったりするんだけど、すごく丁寧に答えてくれるし……きっと勉強もたくさんしてるんだろうなぁ」

「うっ、マジか……」

「もうちょっとテスト簡単にしてくれたらパーフェクトなんだけどなぁ」

美藍がぼやく。

「さーて、そろそろお昼でも食べにいくか～。んじゃ、またね～」

美藍はそのまま離れていくのかと思いきや、雫花のそばに行くと、

「……」

何やら耳打ちした。

「う、うん、わかってる」

すると雫花は顔を赤くして、うなずいた。

いったい、何の話をしたのか、秋良にはわからなかった。ただ、聞こえないように話したということは、秋良に聞かせるべきものではなかったのだろう。乙女どうしの会話、というやつだ。

「んじゃ、会長、頑張ってね～」

美藍が去っていく。

「僕も、この辺で」

購買でお昼用の菓子パンを買わないとなーと思いながら、秋良は雫花に背を向けた。

「あ、ちょっと待って」

と、雫花に呼び止められる。

「秋良くん、今日の放課後空いてない？　生徒会の仕事の手伝い、頼みたいんだけど……」

「いいですよ！　ぜひぜひ！」

「いつも悪いね、ありがとう！」

「いえいえ」

基本ボッチの秋良からしたら、むしろご褒美《ほうび》である。

よーし、放課後、雫花先輩に会えるのを楽しみに、午後の授業も頑張るぞー！

＊

対する雫花は、ドキドキだった。

先ほど、美藍が耳元で囁《ささや》いた言葉――。

「テスト終わったんだし、そろそろデートに誘いなよ」

ついにこのときがやってきた。

頑張って秋良くんをデートに誘う！　そして、ライバルたちを蹴散らすんだ！

雫花は武者震いしていた。

生徒会の仕事をしているときに、いい感じの雰囲気で誘うぞー！

2

放課後、秋良は雫花と一緒に生徒会の仕事を片づけた。

頼まれた仕事は、ちょっとした書類の整理で簡単なものだった。秋良が作業をしている間に、雫花は、テスト期間中に溜《た》まってしまった申請書や提出物にハンコを押していた。

二人で手分けしてやったので、仕事は一時間もかからずに終わった。

「ふぅ、助かっちゃった。ありがとう」

「いえいえ、このくらい平気です。また何かあったら言ってくださいね。それじゃ、そろそろ帰りましょうか」

「え？　うーんと、その……」

雫花はなぜかソワソワし出した。

どうしたのだろう？

「そうだね！　帰ろうか！」

しばらくして、雫花はうなずいた。

テスト勉強で疲れていて、ちょっと反応が鈍っているのだろうか。だったら早めに帰ったほうがよさそうだ。

秋良《あきら》は心配になって一瞬物思いに沈んでいたからか、雫花が、

「うう、仕事中、デートに誘えなかった……」

と、つぶやいたのを聞き逃した。

二人で昇降口に向かい、一度、それぞれの下駄箱《げたばこ》に行って靴を回収して、また集合する。

――友達との帰り道……ものすごく青春っぽい！

通学路を歩きながら、秋良は幸せを噛《か》みしめていた。

――僕が友達と一緒に下校するなんて……！　ゴールデンウィーク明けには考えられなかったなぁ。

そもそも、入学以来、朝の教室で挨拶をしても、一度も誰からも返事をもらえていない秋良である。誰かと一緒に帰るなど、夢のまた夢。

ただ、若干、気になっていることがあった。

雫花の様子が、ちょっとおかしい。

普段の雫花は、けっこうお喋《しゃべ》りだ。秋良が陰キャで口下手なのを気遣ってか、雫花のほうから話しかけてくれる。もちろん、一方的に話し続けるわけではなく、秋良が喋るタイミングをうまく設定してくれるので、きちんと会話のキャッチボールが繋《つな》がっていく。雫花先輩はコミュニケーション能力にも長《た》けているのだな、と秋良はいつも感心している。

それが……今日に限っては完全に無言だった。

しかも、超真顔。

ゴゴゴゴと背景から音がしそうなほどの圧を、雫花から感じる。

「し、雫花先輩……？」

「ひゃい⁉」

雫花はビクン、と体を震わせ、声を裏返らせた。

ずいぶん驚いた様子だ。夜道で後ろから突然、声をかけられたときみたいな反応である。

「どうしたんですか？　何か、心配事でも？」

「えっとね、えーっと、そのぉ……」

「？？？」

顔を赤くしてアタフタと慌て出す雫花。

何か訊《き》いちゃいけないことだったのだろうか？

「あ、あのさ！」

「――ちょっと時間あるし、そこの公園でお話ししない⁉」

「はい」

「いいですよ！」

帰宅途中の寄り道、嬉《うれ》しい！

と、秋良は上機嫌だったのだが、なぜか雫花は気落ちしている様子だった。

「誘えなかった……」

と、つぶやいている。

誘えてるのでは？　と秋良は思う。

「でも、時間は稼げたし、いける、いける！」

雫花はすぐに復活した。

やっぱり先輩、様子がおかしいな。きっと、テスト明けで疲れが出てるんだ。学年トップの成績を維持するのは並大抵の努力じゃできないだろうし、今日はそっとしておいてあげて、気づかない振りをするのがいいかも……。

基本的に何も触れないでおこう、と秋良は決めた。

公園に着くと、二人はベンチに座った。

——お話しするって……何話せばいいんだろう？

秋良はベンチに座ってみてから、ちょっと悩む。

——それとも、雫花《しずか》先輩、何か話したいことがあるのかな？

そう思ったりもするが、雫花のほうはチラチラたまに秋良のほうを見るだけで、口を開く様子はない。

今日の雫花は本当に無口だ。

「あのさ、秋良くん！」

雫花は意を決したような感じで、ついに、口を開く。

「はい！」

「今度の週末なんだけど……」

——ぽーん、ぽーん。

雫花の声に重なって、ボールが跳ねるような音が、遠くから聞こえてくる。

「天気がちょっと心配ではあるんだけどさ、まだ梅雨入りはしてないから……」

――ぽーん、ぽーん。

「――何の音だろうね⁉」

雫花は話題を、週末からボールのほうに転換した。

「向こうのほうから聞こえますね？　行ってみます？」

秋良も気になっていたので、訊いてみる。

「……うん」

雫花はうなずいた。

ただ、心なしか、落ち込んでいるように見えるのは、気のせいだろうか。

「くっ、次こそ勇気を出すのよ、雫花……！」

何かつぶやいているが、秋良はボールの音に意識を奪われていたので、気にしなかった。

音のするほうに向かうと、コンクリート張りの広場に出た。

コンクリートの壁で隣の敷地《しきち》と仕切られていて、その壁に向かって、テニスのボールを打ち込んでいる女性がいた。

跳ね返ってくるボールを、ぐいっと引いたラケットで打つ。ぽんっという軽快な音をたてながら飛び出したボールは壁に当たり、そしてまた彼女の手元に向かってくる。それを再び打ち返す。

一人で打っているのに、まるで二人でラリーをしているかのようにテンポよく、ボールが行き来している。

女性は、秋良たちの通う日影《ひかげ》高校の指定ジャージを着ていた。栗色《くりいろ》の髪をポニーテールにしていて、快活な印象を受ける。

「あ、未希《みき》さんだ」

雫花が言った。

「知り合いですか？」

「うちの高校の二年生だよ。たしか、二年G組だったかな？　峯島《みねしま》未希って子で、テニス部のマネージャー」

「マネージャー……？　それにしては、ずいぶん上手ですね？」

未希の動きは洗練されていた。ボールをさばいている姿は、テニスの選手にしか見えない。

「未希さん、中学のころはけっこう有名な選手だったみたい。実際、入学当初は選手で、団体のレギュラー入りもしてたんだ」

雫花はそう言ったあと、悲しげに眉尻を下げた。

「でも怪我《けが》しちゃって、選手は諦めなきゃいけなくなったの。大好きなテニスに少しでも関わりたいからって、マネージャーになったたって聞いたよ」

「それは辛《つら》いですね……」

好きだったことができなくなるって、どういう気持ちなんだろう。

秋良にはそこまで打ち込めるものがなかったので想像するしかなかったが、きっとすごく辛くて、やるせない気持ちになるんじゃないかな、と思った。

「あれ、会長？」

未希が雫花に気づいて、こちらに駆けてきた。

「えっと、それと、君は……」

「一年の小暮《こぐれ》秋良です」

「秋良くん、ね。私は峯島未希。よろしくね」

「はい！　よろしくお願いします！」

一年坊に、わざわざ「よろしく」と言ってくれるなんて、いい人だなぁ、と思った。

「二人とも、こんなところでどうしたの？」

「学校の帰りで、ちょっと寄り道してる感じかな？」

雫花が答えた。

「未希さんは、練習？」

「え？　ああ、うん。今日は部活がなかったから、学校からそのままここに来て、ちょっと壁打ちしてたんだ」

「そうなんだ！　テニス、できるようになったんだね！」

雫花が嬉しそうに言った。

「未希さん、テニスが大好きだって聞いてたから、テニスできなくなったの、辛かっただろうなって。でもこれだけ動けるなら、もしかして、選手にも復帰できそうとか？」

「えっと……選手には、ちょっと無理、かな」

「あ……ごめん。私、テニスは素人《しろうと》だから、てっきり怪我が治ったんだと……」

雫花が頭を下げる。

だが、未希は気まずそうに視線を逸《そ》らすと、

「怪我は、その、治ったんだけど、選手はちょっと、無理かなって……」

と、どっちつかずなことを言った。

かなり歯切れの悪い言い方だった。秋良は違和感を覚える。

雫花も気になったみたいだ。困ったような顔をして、首をかしげている。

「そ、そろそろ帰らなきゃ」

会話を無理やり終わらせようとする感じで、未希が言った。

「あのさ、二人とも、お願いがあるんだけど……私がここで練習してたこと、学校では内緒にしててくれないかな？　特に、テニス部の子には、言わないでくれると助かるな」

「え？　別に、大丈夫だけど……」

「僕も大丈夫です」

「ありがと」

短くお礼を言うと、未希はラケットとカバンを持って、足早に駆け去っていった。アスリートらしいスマートな走りを見て、秋良《あきら》の中で違和感がどんどん募っていく。

「未希さん……なんだか変でしたね。怪我は治ったけど、選手はできないって、どういうことでしょう？」

「うーん。アスリートはすごく体に負担がかかるって聞くし、軽い運動ができるくらいに回復しても、競技をするのは厳しいんじゃない？　でも、練習してたのを秘密にしてほしい理由が、わからないんだよね」

「そうなんですよね。壁打ちしてたのを部員の人たちに聞かれたところで、何か困るんでしょうか？」

うーんと、二人でうなる。

「ごめん、秋良くん。私、一回学校に戻るから、先に帰っててくれる？」

「未希さんのこと、調べるんですね？」

「え⁉ なんでわかったの⁉」

雫花は目を丸くした。

「雫花先輩だったら、生徒会長として、生徒の不審な点については調べるんじゃないかと思って」

「すごいな、秋良くん。全部お見通しなんだね」

ちょっとはにかんだ顔をする雫花。

年相応の少女らしい表情を見て、秋良はちょっとドキッとする。

雲の上の女神が、地上に舞い降りてきて、笑ってくれたような——そんな近しさを感じて。

「僕も手伝います。手伝わせてください」

秋良は自然とそう言っていた。

「ありがと。秋良くんがいてくれたら、心強いよ。じゃあ、一緒に、学校に戻ろうか」

「はい。でも学校で何をするんです？」

「テニス部について、ちょっと先生に訊《き》いてみようかなって思って。未希さん、テニス部の子には言わないでって言ってたでしょ？　何か事情があるのかも」

「顧問は誰でしたっけ」

「柳川《やながわ》先生」

柳川……一年生の授業は担当していない先生だな。

「ただ、たぶん今は部活中だろうから……とりあえず、職員室にいる先生に訊こうかな」

「了解です！」

＊

——秋良くん、優しいな。また、手伝ってくれるって。

秋良と一緒に学校への道を歩きながら、雫花は胸の中に温かいものが広がっていくのを感じていた。

以前、美藍《みらん》が問題を抱えていたときも、秋良は率先して雫花の手伝いをしてくれた。

生徒会長である自分は、学校の問題を率先して解決していく必要がある。でも、秋良はそうではないはず。

はっ！　これってもしかして、私のために頑張ってくれてるってこと⁉

と、一瞬期待するが、すぐに理性が否定する。

いやいや、秋良くんは優しいから、きっと善意から、学校の問題を解決しようとしてくれてるんだよ。

秋良は誰が困っていても、手を差し伸べる。

雫花《しずか》なんかとは違って、本当の意味での〝いい子〟なんだから……。

勘違いは危険だ。うぬぼれてはいけない。

──と、いろいろ考えていたら、重大なことを思い出す。

そもそもなぜ、公園に秋良を連れてきたのか……。

──秋良くんをデートに誘うんだったー！

またしても失敗。

──で、でも、まずは未希さんの件が大事だから、いったん、デートの件は保留にしていいよね？

と、雫花は問題を先延ばしにした。

3

秋良と雫花は学校に着くと、まっすぐ職員室に向かった。

「「失礼しまーす」」

中はがらんとしていた。ほとんどの先生が帰るか、部活の指導に行っているようだった。社会科の香織《かおり》だけが、残っていた。分厚い本をノートパソコンの横で開いて、作業をしている。授業の準備をしているのかもしれない。

「あら、高崎《たかさき》さんに小暮くん、どうしたの？」

「え⁉　僕の名前、わかるんですか⁉」

「わかるに決まってるでしょ。一年E組の世界史、私が担当してるんだから」

――いい先生だなぁ。

存在感があまりにも薄い秋良は、高確率で先生に名前を覚えてもらえない。もしかしたら、テストや通信簿などで名前だけは知っている先生もいるのかもしれないが、顔と名前が一致している先生はほぼいなかった。

「生徒会長と一年生……不思議な組み合わせね？」

「秋良くんには、生徒会の手伝いをときどきしてもらってるんです」

「そうなんだ。ちょっと安心した」

「安心、ですか？」

　雫花が首をかしげる。

「うん。生徒会って、高崎さん以外の子は、空手部の主将だったり、文芸部の部長だったり、リモートワーカーだったりで、けっこう高崎さんの負担、大きくなってるんじゃないかなって思ってたから」

　いろいろなところに目を配っている先生なんだな、と秋良は思う。

　これなら、テニス部についても、何か知っているかもしれない。

「それで、今日はどうしたの？　誰か先生に用事？　いま私しかいないから、よければ伝言しといてあげるけど」

「いえ、誰かに用事、というわけじゃないんです。テニス部のことでちょっと訊きたいことがあって」

　雫花がテニス部、という単語を出した瞬間、明るかった香織の表情が曇った。

　そして、きょろきょろと辺りを確認しながら、小さな声で言った。

「あー、やっぱりあなたたちも気になってる？　テニス部、怪我する子、多いわよね」

予想外の言葉だった。

雫花も驚いたみたいで、秋良に視線を向けてくる。

――でもここは話を合わせて、情報を引き出したほうがいいな。

秋良はそう判断し、

「はい。故障して、マネージャーになった方もいると聞いています」

と、知っている振りをした。

「うん。退部した子もけっこういるわ。先月も一人、やめちゃったのよねぇ」

腕を組んで首をかしげる香織。

「私は、顧問の柳川先生の指導が厳しすぎるんじゃないかなって、心配してるんだけど……テニス部って、大会の成績がすごくいいでしょう？」

秋良は知らなかったので、雫花のほうを見た。

雫花はうなずいた。

「日影《ひかげ》高校のテニス部は、県内でもかなり上位だよ。新人戦では、もうちょっとで全国大会まで行けたんじゃなかったかな？」

「すごいんですね」

「これだけ成績がいいとさ、先生方は柳川先生を信頼しちゃうのよね」

香織はため息をつきつつ、言った。

「指導が厳しいのも、強豪校なんだから仕方ないって。だけど、それで怪我《けが》してたら本末転倒だと思うんだけど……」

*

「故障が多い部活……怪我が治ったことを秘密にしてほしい部員……」

職員室を出るなり、秋良はつぶやいた。

「まだちょっと、情報が足りないよね」

と雫花が言うので、秋良はうなずいた。

「はい。生徒側の意見も聞きたいところですね。雫花先輩、テニス部に知り合い、いますか？」

「いないなー。秋良くんは？」

「いやだなぁ、いるわけないじゃないですかー。ボッチ、ナメないでくださいよー」

「わーん、私が悪かったから泣かないでー！」

これは涙じゃない、汗だ。

「それじゃ美藍さんに訊いてみようか。ギャルのネットワークを借りれば、知り合いに当たるかも」

気を取り直して、という感じで雫花が言った。

「了解です！」

秋良《あきら》たちは中庭に出てベンチに座った。

雫花がスマホを取り出して、美藍に電話をかける。

スピーカーモードにして、秋良にも美藍の声が聞こえるようにしてくれた。

『おー、会長』

美藍は暇だったのか、即、電話が繋《つな》がった。

『どうだった？　陰キャをデ――』

「もしもし美藍さん！　いま秋良くんと一緒に電話してるんだけどさ‼」

なにやら慌てた様子で、雫花が美藍の言葉を遮った。

『その声は失敗したな？』

「うう、面目ない……。でも生徒のピンチだから仕方ないの！」

いまのやり取り、どういうことなのか秋良にはよくわからなかったが、二人の間ではちゃんと通じているみたいだから聞き流すことにした。自分のような陰キャには、女子のコミュニケーションを完全に理解することなど不可能だ。

『なんかヤバイことが起きたのか？』

「まだわからないんだけど……テニス部がちょっと怪しくて」

『会長もそう思う？　アタシもきな臭いなって思ってるんだよねー。友達からいろいろ聞いてるとさ』

秋良と雫花は顔を見合わせる。

香織だけではなく、美藍も、「テニス部」と言っただけで、何か問題があると言い出した。

これはたしかに、きな臭い。

「どういうことなの、美藍さん？」

『テニス部で怪我人《けがにん》がよく出るって話は知ってる？』

「うん。香織先生から聞いた」

『表向き、それは、練習中に怪我をしたって話になってるけど、実際は、顧問の柳川が体罰をしてるって噂《うわさ》がある』

「「体罰⁉」」

秋良と雫花は同時に声を上げた。

『体罰はヤバいよね。アタシも最初、信じられなかったんだけど……ギャルの友達がさ、体育館裏で、柳川《やながわ》が男子部員をボコしてるのを見たんだって』

「早くやめさせないと！」

雫花は言うが、

『それが、事はそう簡単じゃないいんだよ』

美藍《みらん》は重々しく言う。

『ギャル友もさ、やられてた部員にあとで声かけて、他の先生に相談しなよって言ったらしいんだ。でも拒否られた。「柳川先生は、一生懸命指導してくれてるだけだから。ちょっと厳しいけど、ああしてもらわないと自分たちは強くなれないから」って感じだったらしい』

「柳川先生を、庇《かば》ってたんですか？」

秋良は訊《き》いた。

『そうみたいなんだよね。意味わからないっしょ？　部員たちが声を上げないんじゃ、証拠も出てこないし、柳川も止められないってわけ』

「——あ、マズい」

雫花が声を上げた。

「ごめん、ちょっと電話切るね、美藍さん。ありがと」

『ああ。どした？』

「柳川先生が来た」

『お、それはヤバいな。じゃ、また』

通話が切れる。

秋良は雫花《しずか》の視線の先を見た。

若い男の先生が、秋良たちのほうに歩いてくる。

背が高く、がっしりとした体形。髪を短く切りそろえていて、顔つきは精悍《せいかん》。まさにスポーツマンという言葉がふさわしい外見だった。

部活を終えて、職員室に戻るところなのだろう。

――あれ？　あの顔、どこかで見たような……。

秋良は柳川の外見に既視感を覚えた。

「柳川先生、こんにちは」

雫花が挨拶すると、

「おう、生徒会長、こんにちは！　礼儀正しくて、いいな！」

快活な様子で挨拶を返してくる。

笑顔の似合う好青年といった印象。

この人が体罰教師には、まったく見えない。先生方が信頼するのもよくわかった。生徒想《おも》いの先生だからこそ、指導も厳しくなる……そんな印象を受ける見た目だ。

柳川が十分に離れたのを見届けて、秋良は口を開いた。

「あの人が、柳川先生ですか」

改めて、確認する。

「うん。そっか、柳川先生は、一年生の体育は受け持ってないから、秋良くん、知らなかったんだね」

「はい。そっか、あの人が、柳川先生……」

「秋良くん？」

「僕、テニス部の人たちが、柳川先生を庇っている理由、わかったかもしれません」

「え!?　柳川先生の顔を見ただけで!?」

「まだ確信は持てないんですけど……。確認のために行きたいところがあるんで、今日はお暇《いとま》します」

「せっかくなら私も行くよ。一緒に確認しよう？」

「え、でも……」

連れていっていいものか、秋良は迷った。

「え？　どこかいかがわしいところ？」

いぶかしげに見つめられる。

「そういうわけじゃないんですが……行きたいのは、佐曽利工業高校です」

雫花があからさまに嫌そうな顔をした。

佐曽利《さそり》工業高校……日影市を代表するヤンキーチームの一つである〝シルバー・スコーピオン〟の本拠地であり、かつて雫花を脅して仲間にしようとした川村繁《かわむらしげる》のいる高校だ。

秋良は繁と話をするために、佐曽利工業に向かおうと思っていた。

電話でもいいのだが、たまには顔を出したほうが、繁の株が上がるだろう、と思ったのだ。〝番長〟が直々に会いにきてくれるような人物である、というのはそれなりのステータスになる。繁には国場剛志《こくばつよし》の件で世話になったので、感謝の意味を込めての行動だ。

雫花は嫌そうな顔をしていたが、結局、秋良についてきた。

二人は佐曽利工業の校舎裏にあるたまり場に足を踏み入れる。

ボロボロのソファー、ドラム缶でバチバチと燃える炎、落書きだらけの壁……。

ヤンキーのたまり場らしい乱雑さの中、目的の人物——繁はソファーに座り、周囲の舎弟たちと談笑していた。

笑っていたが、その顔はヤンキーらしく邪悪だ。タレ目のくせに顔が怖いという、なかなかヤンキーらしい外見をしている。佐曽利工業高校の指定ジャージを着崩し、ふんぞり返る姿は、ヤンキーチームの幹部として、なかなか板についている。

だが、

「番長！　お疲れ様です！　本日はどのようなご用件で！」

秋良の姿を視界にとらえた瞬間、ソファーからシュタッと立ち上がり、しゃちほこばった。

「——って、さ、さ、サイレントー‼」

その隣の雫花を見て、驚愕《きょうがく》したのか、大声を上げるが……

「サイレント……何です？」

秋良は眼鏡の奥の目を細めた。

この市では、雫花とサイレント・ライオットは別人ということになっている。これは、雫花が平穏な学園生活を送れるように、〝番長〟小暮《こぐれ》秋良が繁に指示して流させた情報だ。

だから普通の生徒会長の格好をしている雫花をサイレント・ライオットと呼ぶことは許

されない。

「──いえ、日影《ひかげ》高校の生徒会長様！　このようなむさくるしいところへ、ようこそいらっしゃいました‼」

繁は言い直し、九十度にお辞儀をした。

それに合わせて、周囲にいた舎弟たちも、まったく同じ格好をする。

「秋良くん？　ホントにこんなやつらを頼って大丈夫なの？」

雫花は怖い顔で繁たちを見下ろしながら言う。そんな顔をしていたら、「高崎《たかさき》雫花はサイレント・ライオットではない」という建前が一瞬で崩れ去りそうだった。でも、雫花からしたら繁は仇《かたき》みたいなものだから仕方ないのかもしれない。

「今回は、彼らに訊くのが一番いいんですよ。それで、繁くん、ちょっと訊きたいんですが、この人のこと、知りません？」

秋良は、スマホで一枚の写真を表示して、繁に見せた。

日影高校のホームページの部活紹介のページに、テニス部の集合写真があり、そこに柳川が写っていた。柳川の部分を拡大して、スマホに表示している。

「あー、この人は柳川康《やすし》さん……〝日影市の黒き刃《やいば》〟ですね」

繁は即答した。

「やっぱり」

秋良《あきら》は自分の考えが正しいのを確認した。

「日影市の黒き刃……え？　柳川先生が⁉」

雫花も、その通り名は知っていたようだ。

「雫花先輩は、顔は知らなかったんですか？」

「うん、名前だけ。でも柳川先生、全然ヤンキーっぽくないのに、よくわかったね」

「僕は一回、彼が佐曽利工業に来たときに、会ってるんです」

「柳川さんは、うちのＯＢなんすよ」

繁が説明する。

「んで、去年、うちに遊びにきたんで、そのときに番長も挨拶してくれた感じっす」

「そのときはかなりヤンキーみたいな見た目だったんで、僕、学校で見たときは確信が持てなくて……それで繁くんに写真を見てもらった、というわけです」

「さすがに俺は何回か会ってるんで、間違いないと思います」

「そっか……要するに、柳川先生は元ヤンだったってことか……」

「ただの元ヤンじゃないっすよ」

繁は言う。

「現役時代、百人のヤンキーを倒したっていう伝説を残している人です。うちだと神格化してるやつもいますね」

「百人ね。強いヤンキーってことか……」

雫花が言うと、繁と舎弟たちがうなずいた。

「ここからは推測ですが」

秋良は言う。

「体罰について、他の先生に訴え出ることができないのは、柳川先生が怖いからなんじゃないでしょうか。柳川先生、喧嘩《けんか》がめちゃめちゃ強いわけですから、もし体罰の件を話したら報復されるかもしれない。それを恐れて、泣き寝入りしているのでは?」

「ありえるね」

「僕、明日、未希《みき》さんに訊いてみます」

秋良と雫花は、繁にお礼を言って、佐曽利工業高校をあとにした。

「何かあればいつでも言ってください!」

繁たちは再び九十度のお辞儀をして、二人を見送った。

4

峯島《みねしま》未希は、その日も、壁打ちをしていた。

昨日、生徒会長の高崎雫花と一年生の小暮秋良と会った時間帯よりだいぶ遅い。

その日は部活が終わったあとに、公園に寄って、練習をしていたからだ。

「………」

ボールを打ちながら、けれど未希は、あまり集中できないでいた。

壁打ちは、有益な練習ではある。でも、それだけやっていたって、意味はない。結局テニスは、人とやるもの。ゲームをできないのであれば、いくらフォームを綺麗《きれい》にしたって、何も意味はない。

未希はテニス部で選手には戻れない。

他の場所でなら……と思って、市内のテニスクラブを見学に行ったりもした。

だけど、その次の日、未希は柳川《やながわ》に呼び出された。

「なんで呼ばれたか、わかってるよな？」

柳川は言った。

それだけで十分だった。

少なくとも市内で、自分はテニスをすることはできないと、思い知った。

じゃあ少し離れた場所でやろうとも考えた。日影市外にもテニスクラブはある。だけど親に相談したら、難しいと言われた。クラブに入るだけでもお金がかかる。加えて交通費がかかっては厳しい、と。当然の反応だ。

それに、遠くに通えば、それだけ時間も取られる。未希は二年生だ。近いうちに、受験についても考え始めなければならないのに、遠くにテニスをやりにいく時間なんて、あるのだろうか。

「そんなにやりたいなら、学校のテニス部でやればいいじゃないか。どうして、クラブにこだわるんだ？」

父親に問われ、口をつぐむことしかできなかった。

部活をやめた理由を、未希は話していない。学校のテニス部ではなくて、テニスクラブでテニスをしたい、そのほうがレベルが高いから、と説明している。

そもそも未希は怪我なんてしていないから、説明のしようがないのだ。

柳川にやめさせられたと言えば、きっと父親は学校に怒鳴り込みにいく。そうしたら柳川はきっと、父親に酷《ひど》いことをするだろう。大切な家族が痛い目に遭うのを、未希は見たくなかった。

戻ってきたボールを、ラケットで受け止め、手に収める。

――もう帰ろう。

そう思ったとき、

「すごく綺麗なフォームですね。素人《しろうと》の僕から見ても、上手だってわかります」

「うわあああああ！　びっくりした‼」

背後から突然、声をかけられて、思わず声を上げてしまった。

見ると、眼鏡の少年が一人、しゃがんでこちらを見ていた。

「い、いつからいたの⁉」

――そんなところにいたら、絶対近くに来てるって気づくでしょ！　存在感、なさすぎ‼

「最初からいたんですけどね……。どうしてみんな、僕の存在に気づいてくれないんでしょう……」

しくしくと静かに涙を流す彼を見ていたら、申し訳ない気持ちになった。

「ご、ごめん、一生懸命、練習してたから……」

言いながら、彼が昨日、生徒会長と一緒にいた小暮秋良という一年生だと気づく。

「これだけ練習できるのに、どうして選手に復帰できないんですか？」

秋良は立ち上がって、近づいてくると、訊《き》いてきた。

「え……そ、それは……」

マズい、と思う。

練習しているのを内緒にしてほしいと言ったのは、学校では怪我のせいでテニスができないことになっているからだ。

それが嘘《うそ》だとバレてしまったら、私は……。

「もしかして、怪我なんて、最初からしてないんじゃないですか？　単に柳川先生に部活をやめさせられただけなんじゃ」

「――⁉　それ、誰から聞いたの⁉」

本当にマズい。

――もしかして、テニス部をやめた子が、ぽろっと漏らしちゃったとか……？　もし私が怪我なんかしてないって他の生徒にバレたのがわかったら、私、柳川先生に何をされるかわからない……！

口止めしないと。

「誰から聞いたか教えて。その子に、秘密にしてって言わなきゃいけないから。このことがこれ以上広まったら、私、私……」

「すみません、カマをかけてみただけなんです」

「え……」

そんな。

じゃあ私、テンパりすぎて、白状しちゃったってこと？

もうダメだ。冷静にものを考えられてない。

未希は落ち込んだ。

「申し訳ないです。ただ、柳川先生が元ヤンだってことは、僕も知ってます」

「え、どうして？」

「まあ、いろいろ調べればわかりますよ。〝日影市の黒き刃〟っていったら、ヤンキー百人斬《ぎ》りで有名ですからね」

「……じゃあ、私の事情もだいたい把握してる感じ？」

「はい、なんとなくですけど。いま普通にテニスができているところを見ると、単純に、柳川先生の圧力で選手を続けられなかったんじゃないかなと思ったんです。何が原因かまではわかりませんが」

……ここまでバレちゃってるなら、もう話しちゃっても大丈夫かな。

未希は思った。

というか、そろそろ限界だった。

独りぼっちで抱え込んで、ただ我慢し続ける日々……。

もう、耐えられなかった。

この大人しい少年に話したところで状況はまったく変わらないだろうけど、ただ吐き出すだけでも気持ちが楽になるはず。

そんな思いで、ぽつりぽつりと話し始める。

「部活を続けられなくなったのは、私が、柳川先生の指導に逆らったからなんだ。柳川先生の指導、厳しすぎるんだよ」

未希は俯《うつむ》いた。

「厳しいのが悪いわけじゃない。勝つためには、どうしても苦しい練習をしなきゃいけない。だけど柳川先生の指導は、ただシゴクだけで、何の意味もないものも多かった。無駄にグラウンドを走らせたり、気に入らない部員に無茶な練習をさせたり……殴られることも多かった」

話しながら、自分は間違っていないという思いと、逆らったことを後悔する思いが、せめぎ合う。

でも……テニスが好きだからこそ、未希は許せなかったんだ。

「私、部員のみんなが苦しんで、テニスを嫌いになっていくのが辛《つら》かった。大好きなテニスを嫌いになっちゃうみんなが可哀想《かわいそう》で……だから私、柳川先生に抗議しにいったの」

未希はあの日のことを、いまでもありありと思い出せる。

あの日感じた、恐怖を——。

＊

「話って何だ、峯島」

未希は部活のあと、部室に柳川を呼び出した。

「柳川先生。部員たちを無駄にシゴクのはやめてください」

未希は単刀直入に言った。

「俺の指導に不満があるのか？　へぇ……」

柳川は不機嫌そうに未希を見下ろしていた。

がっしりとした体つきの柳川は、かなり威圧感がある。

けれど未希はひるまなかった。

「柳川先生の指導はおかしいです。意味もなくグラウンドを走らせるし、体罰もするし……厳しく指導するのは、大事だと思います。おかげで、うちのチームは強くなったのかもしれない。でも、仮に強いチームに育つとしても、あんな暴力的な指導は間違ってます！」

本来なら、未希《みき》は大人しい生徒だ。

だが、大好きなテニスのこととなれば別だ。燃えるような熱さを見せる生徒である。

キッと柳川を厳しく睨《にら》みつけ、徹底的に戦う構えを、未希は見せていた。

そんな未希に対し柳川は……

「おまえさぁ、口答えなんてすると殺すぞ？」

低い声で、言い返してきた。

「────ッ!?」

寒気がした。

わずかな言葉。

だけどその声には殺意がこもっているように、未希には感じられた。

人間があんな恐ろしい声を出せるんだと、初めて知った。

その日は何もされずに終わったが、二人の話を部室の外で聞いていた男子部員から、柳川は、実は元ヤンだと教えられた。いまでもかなり喧嘩《けんか》が強い、とも。

部員たちが柳川《やながわ》に逆らっていなかったのは、そのせいだったのだと、そのとき初めて知ったのだった。

翌日、柳川から退部届を渡された。

「これを書いて出せ」

「で、でも……」

「俺に逆らうのか？　へぇ、物好きだな。いいんだぞ？　おまえは女だ。俺もいろいろ、楽しめそうだし、厳しく指導してやっても……」

舌なめずりするかのように言われ、全身が粟立《あわだ》った。

「ゆ、許してください……もう、口答えなんてしません。だから、テニス部にいさせてください……！」

「ダメだ。罰は受けてもらわないとな。だが……」

いやらしい視線を、向けられる。

「おまえ、美人だしな。マネージャーとしてなら、置いてやってもいいぞ。周りには、怪我したから部活をやめた、と言っておけ」

従うしかなかった。

少しでも大好きなテニスに関わっていたいと思った未希は、柳川の命令に従い……そして、いまに至る。

＊

「――卑劣な人ですね。柳川先生は、間違ってます」

未希の説明を聞いた秋良《あきら》は、目を細めながら言った。

「だけど、逆らえないよ。柳川先生、本当に喧嘩が強いの。逆らった部員は、何人もボコボコにされてる。そのままやめさせられちゃった子も多い。だからみんな、柳川先生が怖くて、本当のことが言えない」

未希は大きく頭を下げた。

「だから、お願い。いまの話も私が練習してたことも、誰にも言わないで？　チクったってバレたら、柳川先生に何されるかわからないから」

「――わかりました」

秋良がうなずいてくれたので、未希はホッとした。同時に、がんじがらめになっている自分の状況を思い知って、悲しい気持ちにもなる。

「未希さん。一つだけ、確認したいです」

秋良は真剣なまなざしで、言った。

穏やかな雰囲気だった彼から、突如、鋭利な空気を感じて、ちょっとドキッとする。

意外と眼鏡の奥の顔は、綺麗《きれい》に整っているのだな、と未希はこのとき初めて気づいた。

彼のまとう空気は、研ぎ澄まされた刃のようでありつつ、包み込むような優しさも感じられた。

まっすぐに見つめられ、その瞳に、吸い込まれそうになる。

「未希さんは、いまでもテニスが好きなんですよね？」

落ち着いた声で、尋ねられる。

「好きに決まってるよ！」

ずっと蓋をしていた気持ちが、あふれ出した。

「本当は、学校で思いっきりテニスがしたい！　でも、無理なんだよ……」

目頭が、熱くなる。

辛すぎて、悔しくて――。

わっと、声を上げて泣き出しそうだった。

「ありがとうございます。その言葉が聞ければ、十分です」

だが秋良は、優しく微笑《ほほえ》んだ。

「あとは僕たちに任せてください」

任せる？　何を？

それを問う間もなく、秋良はその場を立ち去っていた。

かすかに、「じゃあこれで」くらいの別れの挨拶があったようにも思ったのだけれど、存在感が薄すぎたせいか、気づくのが遅れた。

「小暮《こぐれ》秋良くん……不思議な子だな」

未希は一人、つぶやいたのだった。

＊

翌日――。

秋良は、朝一で生徒会室に向かった。

雫花《しずか》に、未希と話した内容を報告する約束をしていたからだ。

「おはよう、秋良くん」

かなり朝早いのに、雫花はしゃんとしていた。

「おはようございます。それでさっそく、未希さんの件ですが……」

秋良は昨日、未希から聞いた話を、詳細に伝えた。

「なるほど。柳川先生は元ヤンで喧嘩も強くて、歯向かった人はボコボコにして口封じ。それが怖くて、テニス部のみんなは、困っていると言い出せない、と――。先生の風上にも置けない人だね、柳川先生」

雫花の目が鋭く細められた。

「あとは具体的な証拠を摑《つか》むか、現行犯で捕まえるかだけど……うーん、テニス部は閉鎖的になっちゃってるし、大っぴらに体罰はしないだろうから、証拠集めも現行犯で捕まえるっていうのも、かなり難しいなぁ」

「テニス部の人が誰か手伝ってくれれば、と思うんですが……未希さんの話を聞く感じ、協力してもらうのはかなり難しそうです」

「弱ったなぁ……」

どうにかしてテニス部の中に入り込んで、証拠を押さえたいのだけれど……。

――中に入り込む、そうか。

秋良は解決策を思いついた。

「雫花先輩、いい考えがあります。僕がテニス部に入部して、調査すればいいんですよ」

「ええ⁉　危ないよ！　そういうことなら、私が……」

「ダメです。雫花先輩を危険な目には遭わせられません」

「え……そ、そっか、ありがと……」

小さな声でお礼を言う雫花。

「あれ、雫花先輩、顔が赤いですよ？　風邪でも引きました？」

「ええ⁉　あー、今日ちょっと暑いからかなー⁉　あはは！」

たしかに、その日はちょっと夏っぽい雰囲気があった。

雫花は真面目な顔に戻ると、

「気持ちはありがたいけど、やっぱり生徒会長の私が動くべきだよ」

と言った。

意外と頑固な雫花である。

「雫花先輩じゃなくて僕がテニス部に入ったほうがいい理由は、もう一つあるんです。雫花先輩が突然入部してきたら、きっと、柳川先生は警戒します。雫花先輩は、助《すけ》っ人《と》として試合に参加したことはあるけど、どの部活にも入部は一回もしてませんよね？」

「うん。――なるほど、そんな私が突然、テニス部に入ったら、柳川先生も何か情報が漏れたんじゃないかって、警戒しちゃうか。私がいる間はボロを出さないかもね」

「はい。その点、僕は安心です。見るからに陰キャなので、どうせナメられて、警戒されません」

えっへん、と胸を張ってみせる秋良。

なぜだか雫花は不満そうな顔をした。

「むー、みんな秋良くんを外見で判断しすぎだよ。大人しいからって弱いとは限らないのに」

「仕方ないですよ、陰キャなのは事実ですから」

「癪《しゃく》だけど、今回は有効に使わせてもらおうか」

さっそく秋良は、雫花に入部届を出してもらって、名前を書いた。

5

「お疲れ様でーす」

「お疲れさ……って、どうしているの⁉」

放課後、秋良がテニスコートに足を踏み入れると、すでに来ていた未希が飛び上がりそうな勢いで驚いた。

「テニス部に入ったんです！」

「秋良くん、テニス経験者だったの……？」

「いえ、未経験です。せっかくなので、青春したいなと思って入部しました！　テニスってカッコいいじゃないですか」

「そんな！　秋良くん、ちょっと」

コートの隅に引っ張っていかれ、耳元で囁《ささや》かれた。

「昨日の話、忘れたの？　柳川先生、めちゃくちゃ厳しくて怖いんだよ？」

「問題ないです！　体力には自信があるので！」

「そういう問題じゃないよ！」

未希《みき》は、無警戒に入部してきた秋良を、かなり心配しているようだった。優しい人なのだろう。そうでなければ、柳川に抗議したりはしない。

心配させてしまって申し訳ないが、他でもない未希を助けるためなのだ。

秋良は、ただニコニコ笑って、何もわかっていない振りをした。

「おい、峯島《みねしま》！　何やってんだ！　さっさとボールの用意をしろ！」

「す、すみません！」

さっそく、柳川からの檄《げき》が飛んだ。

「ん？　おまえは何だ？　部員じゃないな？　部外者は出ていけ！」

「今日付けでテニス部に入部した、一年Ｅ組の小暮秋良です！　今朝、入部届を提出させていただきました」

「ああ、あれか。いいか、小暮。うちの部は厳しい。何かヘマをしたら、すぐに厳しく指導する。そのつもりでいろ」

「はい！」

部活動に参加するのは初めてだったので、秋良はドキドキだった。

――未希さんの件を解決するのが目的だから、不謹慎かもしれないけど……ちょっと青春っぽいなぁ。

だが、そのワクワクは即、打ち砕かれた。

「しかし、貧弱そうな男だな。とりあえず、グラウンド十周走ってこい」

「えっ⁉ テニスはさせてもらえないんですか⁉」

「走り終わったらだ！」

「は、はい〜」

部員たちがストレッチをしたりしているのを横目に、秋良は一人、走り出した。

――うぅ……部活でまでボッチなんて……いったい僕が何をしたって言うんですか……。

半泣きになりながら、グラウンドを走る。

だが待てよ、と思う。

——ここでバテた振りをすれば、柳川《やながわ》先生に目をつけられるのでは？

今回の目的は、柳川の悪行の証拠を摑むことである。

実際に誰かが被害に遭っているところを押さえるつもりだったが、他の人が痛い目に遭ってしまうのは可哀想《かわいそう》だ。

これ以上、被害者を増やさないためにも、自分が標的になるのが手っ取り早い。

秋良《あきら》は、グラウンドを一周したくらいで立ち止まると、ぜえぜえ息を吐きながら膝をついた。

「も、もうダメ……」

「秋良くん！」

未希がすっ飛んできた。

「体力ないのに無理しないで！　いまからでも入部するのはやめるって、先生に言ったほうがいいよ！」

未希は心底心配そうにしている。

お？　ちゃんとくたびれてる感じ、出てる？　迫真の演技。次は演劇部に潜入しようかな？

「いえ……頑張ります……！」

息も絶え絶えな振りをしつつ、親指を立てる秋良。

心配している未希には悪いが、柳川に警戒されないためにも、このまま騙《だま》しとおす必要があった。敵を欺くならまずは味方から。でも、あとで謝ろう、とは思う。

「小暮ぇ!!」

怒号が柳川から飛んでくる。

「一周でバテただと!? 部活をナメてるのか!?」

部員たちがビクッと、怯《おび》えた様子で柳川を見た。

柳川はつかつかと秋良に歩み寄ると、尊大に見下ろしてくる。

「練習のあと、体育館に来い！　俺が直々に指導してやる！」

部員たちが〝指導〟という言葉に反応して震える。

――なるほど、この〝指導〟とやらが体罰みたいだな。

「秋良くん、早く柳川先生に謝って！　先生、秋良くん、まだ自分の体力がわかってないみたいで……」

「峯島？　俺に歯向かうのか？」

「い、いえ、そういうわけじゃ……」

未希はジロリと睨《にら》まれ、そのまま固まってしまう。よっぽど怖いのだろう。体が震えているようだった。

巧妙な男だ。うずくまっている秋良を見下ろすだけで、引っ張り上げたりはしなかったし、未希にもただ言葉で圧をかけるだけ。部外の人間の目がありそうな場所では、生徒に触れることすらしないのだろう。そうしていれば、ただ厳しい先生というだけで、体罰教師にはならない。

暴力は、誰にも見られない場所で、こっそり振るうのだ。

「わかりました。体育館ですね」

「ふん」

柳川は秋良の言葉を無視して、他の部員のところに戻っていった。

「秋良くん……」

「大丈夫です、心配しないでください」

秋良は微笑《ほほえ》んだが、未希の顔は不安でいっぱいだった。

──もうすぐ、終わらせますから。

秋良は心の中でつぶやく。

6

秋良は部活のあと、言われたとおり、体育館に向かった。

「来たか」

柳川は、竹刀を待っていた。

「あの、指導って何を？　竹刀なんて使って、何をするんです？」

秋良が問うと、

「これはなぁ、こう使うんだ」

秋良に向かって振り下ろした。

竹刀は思いっきり秋良の頭に直撃した。

「いったー！　何するんですか⁉」

秋良は頭を押さえながら抗議した。

「貴様の弛《ゆる》んだ精神を叩《たた》きなおしてやっているのだ！」

「そんな！　こんなの体罰です！」

「貴様、俺に口答えするのか⁉」

竹刀で横切りをされる。秋良は右の頬に思いっきり食らった。

「いたっ」

「俺が誰なのか教えてやろう。そうすれば、そんなナメた口は利《き》けなくなるだろう」

「日影《ひかげ》市の黒き刃《やいば》……伝説のヤンキー、なんですよね？」

秋良は頬をさすりながら訊《き》く。

すると、柳川は声を張り上げた。

「俺が誰だか知ってて今までそんな態度を取っていたのか⁉　俺は、現役時代、百人のヤンキーを倒した男だぞ⁉」

どうも自分が軽んじられたと思ったようだ。かなりプライドが高いタイプらしい。

「過去の栄光を語るのではなく、今の自分を見つめなおしてみたらどうです？」

今度は肩に思いっきり竹刀を受けた。勢いが強いせいで、ちょっとよろける。なるほど、伝説扱いされるだけあって、それなりに攻撃力は高いらしい。

「本当に腹の立つやつだ！　簡単に帰れると思うな⁉　ボロ雑巾のようにズタズタにしてやる。泣いたって許してやらないからな⁉」

——そろそろ、いいか、と秋良は思う。頬はいい感じに腫れているだろうし、体にも痣《あざ》の一つくらいできただろう。

いわば生きる証拠となった秋良である。

もうこれ以上、攻撃を受けてやる義理はない。

「くらえー！」

柳川が大きく竹刀を振りかぶり、襲い掛かってくる。

だが竹刀を振り下ろした先に、秋良はいなかった。

一歩、横に跳ぶことで、竹刀をかわしていた。

「何⁉」

「はあっ！」

そのまま、竹刀を蹴り上げる。

あまりに鋭い蹴りだったせいで、柳川は竹刀を持つ手をはなしてしまう。竹刀はくるくる回りながら宙を舞ったあと、少し離れた場所に転がった。

「――柳川。俺に喧嘩《けんか》を売るなんて、いい度胸だな」

秋良は眼鏡を外し、髪をかき上げた。

猫背気味だった姿勢はしっかりと正され、堂々たる態度で、柳川を睨みつける。

その顔は美貌と言ってよかった。そして凄《すさ》まじい目力によって、柳川が呼吸すら難しくなるほどの圧をかけている。

柳川は、秋良を認めると、すぐに跳び退《すさ》って距離を取った。さすがは元ヤン。戦闘の心得はしっかりあるらしい
「き、貴様は……現番長の小暮《こぐれ》秋良…………」

柳川は震える声で、そう言った。

かと思うと――

「くくく、くくくく！」

突然、笑い出した。

「何がおかしい」

「やはり貴様だったか。俺は知ってたんだよ。クソ陰キャの貴様が実は番長だってな」

――俺が番長だと知ってた？

眉をひそめる。

秋良は佐曽利《さそり》工業で一度、柳川に会っている。だがあのとき、秋良は番長モードだった。

陰キャモードの秋良を見て〝番長〟だと気づけるとは思えない。

だから人から聞いたのだろうが……いったい、誰から？

繁《しげる》はおそらく、言いふらさないだろう。じゃあ酒井輝《さかいひかる》や国場剛志《こくばつよし》が柳川に伝えた？

だが彼らは秋良に倒されたあと、すぐに退学になって姿を消したし……。

「バカめ！　俺が貴様をここに呼び出したのは、目障《めざわ》りな貴様をこの手で葬《ほうむ》るためなんだよ！　テニス部は俺の縄張りだ。番長なんて、お呼びじゃねぇ‼」

秋良はいったん思考を止めた。

いまは、目の前の柳川《やながわ》に集中すべきだ。

「貴様を確実に倒すため、俺は人質を用意している」

柳川はそう言って、体育館の入り口のほうを振り返った。

「おい、おまえら！　未希を連れてこい！」

体育館の戸がガラガラと開く。

「いいか、そこから一歩でも動けば、俺の手下たちが未希《みき》をボコボコにする。未希を犠牲になんてできないよな？」

「そうだな、できない」

秋良は淡々と、答えた。

柳川は秋良の様子を、困っていると解釈したようだ。

意気揚々とした様子で、秋良のほうまで歩いてくる。

「へへへっ。いくら最強の〝番長〟でも、反撃できなきゃ、案山子《かかし》と同じだ。さーて、どこから料理してやろうか……」

「俺を料理するのは自由だが、未希さんの姿が見えないぞ？　いいのか？」

体育館の戸は、たしかに開いたが、そこから手下や未希が入ってくる様子はなかった。

「はぁ？　おいおまえたち！　さっさと未希を連れてこい。でないとあとで、酷《ひど》いぞ！」

柳川は声を張り上げる。

だが――

「申し訳ないけど、未希さんは来ないよ。おうちに帰ったから」

返事をしたのは、凛《りん》とした女性の声だった。

直後、ドサッドサッドサッと、鈍い音をたてながら、順番に、男が三人、体育館に放り込まれた。

三人ともヤンキー然とした格好をした男たちで、薄汚れてボロボロになっていた。気を失っているのか、体育館の床に転がったまま動かない。

そして彼らのあとから、悠然と体育館に足を踏み入れる者があった。

艶やかな髪と、古風なロングスカートは優雅に揺れ、だがその眼光は鋭く、柳川《ターゲット》にまっすぐ注がれている。

柳川はすぐに気づいたようだ。

彼女が、何者であるか——。

「お、おまえは、まさか……伝説の女番長、サイレント・ライオット⁉」

「ご名答！　番長と柳川先生の戦いの邪魔になるといけないから、雑魚《ざこ》はお掃除して、か弱い女の子にはおうちに帰ってもらったわ！」

秋良《あきら》は、柳川が未希を人質にする可能性を読んでいた。秋良がちょろちょろ部活を嗅ぎまわるのを嫌がって、比較的仲がいい未希を使って脅してくるかもしれない、と思ったからだ。

そこで、秋良が未希のそばにいない間は、雫花《サイレント・ライオット》に、未希をひそかに守ってもらうよう頼んでいたのだ。

思ったより未希に魔の手が伸びるのは早かったが、危険はサイレント・ライオットによって問題なく撃退された、というわけだ。

「ぐ、ぐうぅ……」

柳川は一歩、あとずさる。

だが、その先には、最強の〝番長〟が仁王立ちしている。

「さあ、柳川。正々堂々、タイマンと行こうか」

そう言って〝番長〟秋良は不敵に笑う。

「い、いいだろう。俺は〝日影市の黒き刃〟だ。クソガキなんぞには負けけん」

柳川は拳を握りしめ、駆け出す。

まっすぐ秋良に向かってきて、渾身《こんしん》のストレートを放った。

「貴様を百一人目にしてやる‼」

だが秋良は、ひらりと攻撃をかわした。

「な、何⁉」

柳川は本来ならぶつかるはずの衝撃がなかったせいで、前のめりによろめいた。

「柳川。いいことを教えてやる」

その背中に、秋良は言う。

「本当に強いヤンキーは、倒した人数なんて覚えてないんだよ」

柳川が秋良のほうを向いたとき、すでに秋良はその眼前に迫っていた。

「ひっ！」

秋良の拳が、その頬に突き刺さる。

柳川は体をひねらせながら宙を舞うと、地面に叩《たた》きつけられ、動かなくなった。

「や、やべぇよ！」

「こんなバケモノとやり合うなんて聞いてねぇぞ！」

「ずらかれ！」

息を吹き返した柳川の手下たちが走り出す。

鮮やかな逃げ足。リーダーへの忠誠心はかけらもないようだった。

7

翌日になると、番長とサイレント・ライオットに柳川がやられたという噂《うわさ》がすでに学校中に広まっていた。

「ま、アタシにかかればこんなもんよ」

噂を流した人物——美藍《みらん》は、得意げだった。

雫花《しずか》と秋良の要請で、美藍が噂を広げた結果、テニス部員たちは柳川の告発を決意。番長とサイレント・ライオットが守ってくれるなら、告発しても安心だろうと思ったようだ。

結果、その日の昼休みには、柳川の悪事が学校側に認められ、解雇されることとなった。

放課後――。

雫花と秋良は、生徒会室で未希と話していた。

お礼を言いたいから、と未希がやってきたのだ。真面目でいい子だなぁ、と雫花は思った。

「ありがとう、生徒会長、秋良くん。おかげでまた、私も部活ができる。まさか二人が、番長とサイレント・ライオットの知り合いだったなんて、びっくりだよ！」

未希は笑顔だった。

話がややこしくなるのも面倒なので、秋良が番長だという話は伏せていた。そうすることで、雫花がサイレント・ライオットであるという話も隠せるので、一石二鳥である。

「でも痛かったでしょう？　大丈夫、秋良くん？」

「はい。むしろ生きた証拠を提供できて、よかったです！」

テニス部の面々に告発された柳川は、もちろん否定したのだが、秋良が自分の痣《あざ》を見せながら主張したので、説得力が高まったのだ。

別に秋良なら、柳川の攻撃など余裕で避けられただろう。でも、みんなを確実に助けるために、わざとダメージを受けたのだ。

──秋良くんは、ホントに強い。

と思って、雫花は胸がドキドキした。

誰かのために、自然と自分を犠牲する。秋良は未希と知り合って、まだ数日しか経《た》って
いない。そんな相手のためでも、秋良は痛みを感じるのをいとわない。

勇敢な秋良を見て、雫花は惚《ほ》れ直してしまった。

──秋良くん、これからも、いろんな人を助けるのかもな……。

一方で、秋良の強さや優しさを知るのが自分だけじゃなくなっていく気がして、ちょっ
とだけ寂しくもなった。

「本当に助かったよ、ありがとう！　そうだ、秋良くん！　テニス部、これからも続ける
んでしょ？　いろいろ教えてあげるよ」

「あ、すみません。僕、テニス部はやめようと思ってます。今回は柳川先生の悪事を証明
するために、臨時で入っただけなので……他にやりたいことがあるんですよ」

「そっか……」

未希は残念そうだった。

「せっかく誘ってくれてるのに、申し訳ないです」

「ううん、気にしないで。じゃあ私は部活行くから。気が変わったら教えてね！」

未希はすぐに元気になり、去っていった。

未希の姿が見えなくなるのを見計らって、ふと浮かんだ疑問を、雫花はぶつける。

「秋良くん、やりたいことって？　何か部活に入るの？」

高校一年生の六月。

最初は帰宅部でいいかな、と思っていたけれど、意外と暇に感じて、やっぱり部活に入ろうと方針転換する子も多い時期だ。

「いえ。部活とか入っちゃうと、雫花先輩のお手伝い、できなくなっちゃうかなって……」

──えっ、私のため⁉

心臓が止まったかと思った。

私のことを優先して、部活入るの、断ったの……？

「別に気にしなくていいのに。秋良くんが忙しいなら、一人で頑張るし……」

──ああ！　なんで素直に「嬉《うれ》しい」って言えないの⁉　いまこそ「好き」アピールしてさ、「私は告《こく》っても大丈夫な子だよ？」って伝えるべきなのに……！

と、ドギマギしていると、秋良はにっこり笑い、

「僕がお手伝いしたいんですよ。雫花先輩と一緒に仕事をするの、楽しいんです」

特大の笑顔でそう言われ、

「は、はうぅ……」

ついに秋良を直視することができなくなった。

「雫花先輩？　どうしたんですか？」

「ううん、だいじょぶ、ちょっとその、太陽が眩《まぶ》しかっただけ……」

秋良くんという名の、太陽が――。

「あー、今日は日差しが強いですよねぇ。梅雨に入ったわりに、意外と雨が降らないです」

秋良はほのぼのと、言うだけだった。

「そうだ！　今回も秋良くんにはお世話になったし、何かお礼したいな」

誤魔化《ごまか》すように言う雫花。

「お礼、ですか……」

「うん、何かほしいものとかない？」

お礼にかこつけて、プレゼントしちゃお～という作戦だった。好きアピールという意味もあるが、単純に、好きな人に何かプレゼントを贈るのはテンションが上がる。

「ものは別にない、ですね……あ、でも、してほしいことはあるんですけど、いいですか？」

「し、してほしいこと⁉」

――えっちなことだったらどうしよう⁉　で、でも、前に美藍さんが、既成事実を作って責任取ってもらうのもアリって言ってたし、これはもしかしてチャンス⁉

雫花は秋良を見る。

眼鏡の彼はとても知的で、微笑は優しさそのもの――。

――う～、恥ずかしいけど……秋良くんとだったら、私………。

「わ、わかった。何をしてほしいの？」

「一緒に水族館に行ってくれませんか？」

「――はい？」

「ほら、千葉って南のほうに、有名な水族館があるじゃないですか？　僕、中学のときに千葉《こっち》に引っ越してきてから、あそこに友達と行くのが夢だったんです。雫花先輩と一緒に行けたら楽しいだろうなって。ちょっと遠いんで日帰り旅行みたいになっちゃいますけど……」

「うん、いいよ」

なーんだ、水族館に行くだけかぁ。それなら、楽勝………

――――――って、これってデートじゃない!?

「ありがとうございます！　それじゃ、土曜日でどうですか？　駅前に朝十時に集合、とかで」

「りょ、了解！」

よ、よくわからないけど、なんかデートの約束、できちゃった……！

日頃の行いがよかったのかな？

神様、ありがとう!!

＊

秋良《あきら》は家に帰ると、冷蔵庫にコンビニの弁当をしまってから、自分の部屋に引っ込んだ。

秋良の両親は、仕事で海外を飛び回っており、家には基本、秋良しかいない。必然的に夕飯は自分で調達するのだが、だいたいコンビニ弁当かスーパーの総菜で済ませてしまう。

自炊したほうがいいのかなーと思うこともありつつ、つい、面倒で易《やす》きに流れる。

ただ、今日に限って言えば、急いで連絡したい相手がいたので、夕飯の買い物に時間をかけたくなかった。

リビングのソファーに座り、秋良はスマホを取り出し、電話をかけた。

相手は、繁《しげる》。

「もしもし」

『はい、番長。どうしました』

「日影《ひかげ》市の黒き刃《やいば》の件は、ありがとうございました。おかげで解決しました」

『お役に立てたなら何よりっす』

「ただ、新しく気になることが出てきたので、ちょっと話を聞きたいなと思いまして。日影市の黒き刃――柳川《やながわ》先生は、僕が番長だと知っていました。学校ではいつも眼鏡なので、普通だったらわからないと思うので、誰かから情報を得ていたか、実際に僕が戦っているところを見たか、どちらかだと思うんです」

『まあ俺も気づけなかったくらいですからね』

繁が苦笑している様子が目に浮かんだ。

「わざわざ、柳川先生に僕の正体を話したやつがいるとして、そいつは何が目的でそんなことをしたのか……。柳川先生はヤンキーを従えて学校で悪さをしていました。ヤンキーが学校での悪事に加担していたわけですから、この街で彼らをまとめる身としては、気になるんですよ」

『そっすね。素人《しろうと》相手に喧嘩《けんか》を吹っ掛けるのは、俺らの信念には反します。クソな先輩の下について調子乗ってるのなんて、ダサいっすから。いいっすよ。ちょっと調べてみます』

「悪いですね」

『いえいえ。番長の命令なら、俺は従いますよ。別に悪いことしろって言われてるわけじゃないですから』

通話を切り、秋良はホッと、ため息をつく。

胸の奥が、ざらざらしていた。

学校で、ヤンキーたちが悪さをしている。

この事実に、心が乱される。

最初は、ヤンキーたちが問題を起こして自分が出ていかなきゃいけなくなったのを面倒に感じているのかと思った。

秋良が番長になったのは、中学生のとき、ヤンキーにカツアゲされて返り討ちにした結果、「おまえ、強いから抗争に参加しろ」と言われて、面倒になったからだ。ヤンキーたちを全滅させて、一番上になってしまえば、抗争もなくなり、自分みたいな陰キャでも絡《から》まれないで済むんじゃないか、と。

秋良はけっこう、面倒くさがりなのである。

周囲に対しても、友達がほしいという気持ちはありつつ、根本的にはそこまで興味がないのだ。

だから、今回の柳川の件で、ヤンキーが加担しているとわかったときも、「面倒だな」と思ったんじゃないかと……。

ただ、明確に、この感情は面倒くさがっているときのものとは違った。

秋良はかつて、この感情を味わっている。

それは、先日、雫花が国場にさらわれたときだ。

もちろん、あのときに比べたら、今回の感情はかなり弱い。

けれど、同種のものだった。

学校には、雫花《しずか》がいる。生徒会長としての雫花が。ヤンキーたちの魔の手が学校に及べば、いずれ雫花が危険な目に遭うかもしれない……。

秋良はそれが、怖いのだ。

「俺も、弱くなったな……」

ぽつり、とつぶやく。

それは、番長のものでも、陰キャのものでも、どちらでもない、等身大の少年のつぶやきだった。

ただ、弱くなったことに対して、ネガティブな感情は抱いていない。

雫花は、秋良を友達と呼んでくれた。

そんな大切な存在が危機にさらされて、怖いと思うのは普通のこと。

怖いのは、それだけ彼女が自分にとって大切だからだ。

大切な存在のそばにいられる幸せを、秋良は噛《か》みしめていた。

「さて、と」

手の中のスマホを操作して、ウェブブラウザを起動する。

用事も済んだし、水族館への行き方を調べておこうかと思ったのだ。

――まさか、雫花先輩と水族館に行けるなんて……！

雫花が「お礼したい」と言ってくれたから、つい、お願いしてしまった。

秋良は友達と水族館なんて行ったことがない。初めて友達と行くなら、やっぱり雫花先輩と行きたいな、と自然と思っていたのだった。

断りづらいタイミングで頼んじゃったから悪いことしたかな、と思ったけれど、雫花は二つ返事でうなずいてくれた。

少なくとも嫌われてはいないらしいとわかって、ほっとしている。

――土曜日、楽しみだなぁ！

胸をドキドキさせながら、秋良は水族館のウェブサイトを眺めていた。

雫花先輩って部活入ってないですよね？
うん、一年生の最初から学級委員をやってたから部活は入らなくていいかなって思ったんだ。
そのあと生徒会長になっちゃったし、結果的に良かったかも
生徒会でいっぱい秋良くんに会えるしね…！
秋良くんも入ってないよね？興味ある部活なかった？
自分から入ろうってほどのものはなかったですね
勧誘された部に行ってみたりとかは？
やだなぁ僕みたいな存在感ゼロのやつに声かける人なんていませんよー
だぱ
わー泣かないで！生徒会のお手伝いが秋良くんの部活だよ！
いつもありがとう!!

第３話　ヤンキー・ランデブー

1

——木曜、午後六時。

雫花が秋良とデートの約束を取りつけた日、家に帰ってから、雫花は電話で美藍《みらん》にこのことを報告した。

『やったじゃん、会長！　しかも陰キャから誘ってきたとかすごいじゃん！　も——この幸せ者——————！』

「秋良くん的には、ぜんぜん、デートに誘ったつもりはないと思うよ？　私がお礼をしたいって言ったから、提案してくれただけで……」

『と言いつつ、声から幸せオーラ出まくってるぞ⁉　このこの〜！　これはもう付き合っちゃうね⁉　婚約だね⁉　将来結婚だね⁉』

「も、もう美藍さんったら、気が早いんだから」

と言いながら、〝結婚〟というワードを聞いて、さらに恍惚《こうこつ》とした表情に変わってしまう雫花。

まさに幸せの絶頂であった。

――木曜、午後八時。

夕食後、雫花は自室で一人勉強していたが、まったく集中していなかった。

「秋良くんとデート♪　秋良くんとデート♪」

時折、壁に貼りつけてある婚姻届に目をやり、ふふふっと笑ってしまう。

「婚姻届、念のためデートに持っていったほうがいいかな？　その場でプロポーズされちゃったらさ、あったほうが便利じゃない？」

プロポーズされる自分を想像して耐えられなくなった雫花は、ベッドにダイブして枕を抱きしめると、ゴロンゴロンとベッドの上を転がりまわった。

告白ならまだしも、婚姻届など早いに決まっているのだが、テンションが爆上がりしている雫花はまったく気づいていなかった。

「――――！」

高速でゴロンゴロンしていた雫花が、突然、ピタリとうつぶせで止まった。

「そうだ！　着る服、決めなきゃ！」

まだ一日以上あるというのに気の早いことだが、雫花はクローゼットを開けて、服を吟味し始めた。

――金曜、午前八時。

雫花は、学校に行くために家を出た。

――今日一日頑張れば、秋良くんとデートだ！

気合を入れて、一歩、前へ進む。

その姿は、誰もが憧れる日影高校の生徒会長のそれだった。

だが…………。

――金曜、午後九時。

「つ、ついに、今晩寝れば、秋良くんと、デート……」

雫花の自室。

そこには、げっそりとやつれ、床に横たわる生徒会長の姿があった。

「明日は、秋良くんと、デー……うっ、胃が痛い…………」

あまりの緊張で、雫花は胃痛を起こしていた。

颯爽《さっそう》と帰宅し、家族でおいしく夕飯を食べ、ゆっくりとお風呂《ふろ》に浸《つ》かって疲れを癒《いや》し、化粧水と乳液でしっかりスキンケアして、髪もブロー。あとは寝るだけ、という完璧な状態になったころ、胃痛は襲《やっ》てきた。

「とりあえず、胃薬を……」

錠剤をペットボトルの水で流し込む。

くっ……天下統一がかかった最終決戦の前日でも、こんなに緊張しなかったのに……。

あの日は、自信に満《み》ち溢《あふ》れていた。負ける気がしなかった。仮に負けたとしても、その場合は相手が〝私より強い男〟になるわけで、それはそれでよかった。

あのころの雫花は失うものなど何もなかった。

のだが……

「明日失敗したらどうしよおおおお‼　秋良《あきら》くんに嫌われちゃったら、私、私……‼」

いまの雫花は、失うものが大きすぎた。

彼と出会って、一か月と少し。

わずかな間に、いろいろなことがあった。

その過程で、雫花と秋良の仲は友達としては、かなり深まったと思う。

秋良が自分を信頼してくれているのは、態度を見ればわかる。

正直、いまの関係は心地よく、壊したくない、というのが本音だ。

もちろんこのままでは、恋人にはなれない。一歩、距離を詰める必要がある。

だけどもし、その詰め方をしくじったら？

幻滅させてしまったら？

失望させてしまったら？

恋人になれる可能性がゼロになるだけではなく、友達としての秋良をも失ってしまうかもしれず——。

「嫌……一人になりたくないよ…………」

考えただけで泣きそうになる。

こんなに明日が来るのが不安なのは初めてだった。

思えば、雫花は昔から何でもできた。小さいころから頭がよかったし、運動神経も抜群、ピアノだって体の一部みたいに弾けた。

高校受験の前日は自信満々だったし、運動会や助っ人《すけと》で参加する大会の前日は武者震いしていたし、ピアノの発表会の前日は冷静に翌日の演奏のシミュレーションをしていた。

そしてヤンキーとしての決戦の前日は、まだ見ぬ強い男の出現を夢見て、陶然としていた。

「昔は怖いものなんてなかったのに……。恋は人を変えるんだね……」

明日が怖くて眠れないという初めての経験に、ちょっとおセンチになってみる。

自分の状況を茶化して、平常心を取り戻そうとする作戦。

「ううっ、胃が……」

だがまったく効果はなかった。

「う、後ろ向きなメンタルがいけないんだ。なんとか、前向きになろう。そうだ、聖書《バイブル》を……」

雫花は本棚まで這《は》っていって、聖書《バイブル》——最愛の少女漫画を取り出した。

ちょっとワルくてイケメンな男子が、自分になびかない主人公（女子）を「おもしれぇ女」だと思い、強引に落とすお話……。

一番お気に入りの巻の一番お気に入りのシーンを開く。

イケメン男子が、主人公にプロポーズするシーンだ。

「俺に、おまえを守らせてくれないか？　一生、一緒にいてほしいんだ……」

イケメン男子はそう言いながら、ちょっと恥ずかしそうに指輪を差し出すのだ。

いつも強引で、ワルくて大胆なのに、肝心なところで、ちょっと押しが弱くなってしまう……。それだけ、彼にとって主人公は大切で、プロポーズのシーンにはそんな複雑な彼のキャラクターが詰まっていて、雫花《しずか》は大好きだった。

「あああ～素敵～素敵すぎる～～～」

雫花は同じことを秋良に言われるところを想像しつつ、悶《もだ》えた。

これこそ雫花の最終目標。

白馬の王子様からの求婚！

ここに至るためにも、明日のデートは失敗できない……！

ずーん、とのしかかってくるプレッシャー。

雫花はさらに怖くなった。

――失敗したら、どうしよう‼

理想のプロポーズを見直したことで自信が木《こ》っ端《ぱ》みじんに砕け散ってしまった。

雫花の冷静な頭脳がフル回転する。

自信がない状態の人間は、動きが硬くなる。すべてがぎこちなくなる。すると、本当に失敗してしまう。

「私、失敗するかも」という不安が、実際に物事を失敗させる。

これぞまさに予言の自己成就《じょうじゅ》。

このままでは間違いなく、デートは失敗する。

無慈悲にも、雫花の理性はそう結論を下し、そのせいで感情はさらに焦《あせ》りを募らせる。

「もうダメだ……私は、弱い……あのころのような……中学時代サイレント・ライオットという名を轟《とどろ》かせた私は……もういないんだ…………」

中学時代は、ホント、怖いもの知らずだったなぁ、と思う。

単身、ヤンキー界に乗り込み、自分よりも大きな男たちをなぎ倒す日々……。

「あれが若さってやつかなぁ……」

などと老人みたいな感想を抱きつつ、疑問にも思う。

天下統一間近のころはいざ知らず、ヤンキー界に入って、上を目指していた初めのころは、会うやつ会うやつ、強そうに見えたのに、どうして怖くなかったんだろう？　強そうな男を見て興奮していたから？

本当に、それだけ？

「待って……それって、メ、ン、タ、ル、が、ヤ、ン、キ、ー、だ、っ、た、か、ら、じ、ゃ、な、い、？」

病は気から、という言葉を思い出す。

いまの雫花は、か弱い生徒会長。ヤンキーじゃない。だから、いっちょまえにデート前に、イジイジしているのでは？

でも、サイレント・ライオットだったら――かつて最強のヤンキーと謳《うた》われた彼女だったら、デートの前日、こんなにイジイジけるだろうか？

雫花は立ち上がり、目を閉じて、すーっと一度、深呼吸した。

目を開いたとき、そこには伝説の女番長《サイレント・ライオット》がたたずんでいた。

2

土曜日、秋良はソワソワしながら、日影《ひかげ》駅の改札前に立っていた。

――ちょっと早く来すぎたかな。でも、遅刻するよりはいいよね。

時刻は九時五十分で、約束の十時にはまだ少し時間がある。落ち着かなかったのか、予定より早く起きてしまい、必然的に早く集合場所に着いてしまった。

雫花とはすでに何回か一緒に出かけたことがある。ただ、いつも市内で遊んでいた。電車に乗って、遠出するのは初めてである。

やっぱり少し、緊張する。

ちなみに、今日は制服を着ていた。雫花から昨晩、「制服で来て」と連絡があったからだ。なぜなのかはわからないけれど、秋良は私服に自信がなかったので、二つ返事でＯＫした。秋良が自信を持って着られる服は、かつてマネキンが着ていたものを全部買ったやつだけである。他はファストファッションの店でノリで買ったもの。センスに自信は皆無。対する制服は、みんな同じなので、センスがなくても大丈夫。まあ実際は、上位カーストの人たちは、うまく着崩してカッコよくしているわけだが（美藍《みらん》なんかが典型だろう）、普通に着ていても見苦しくはないはずである。

「秋良くん」

横から声をかけられる。

「あ！　雫花先輩、こん……にちは？」

声の先には雫花が立っていた。

けれど秋良は違和感を覚える。

鋭い眼光と堂々とした立ち姿。艶やかな髪のセットは、かなりワイルドだ。そして極めつけは、古風なロングスカート――。

どこからどう見ても、ヤンキーの格好である。

「雫花先輩、あの、その格好は……？」

「違うわ、秋良くん」

低く落ち着いていて、それでいて圧の強い声で、雫花は秋良の言葉を遮った。

「私はたしかに雫花だけれど、あなたの知る、生徒会長ではない。私はサイレント・ライオット。生徒会長の雫花とは別人。よって、先輩をつける必要はないわ」

「は、はあ……」

秋良は困惑した。

どうして突然、サイレント・ライオットモードに……？　いちおう、引退したんですよね、先輩？　まあ、この間も、手伝ってもらったわけだけど、積極的にサイレント・ライオットになる必要、あるんだろうか……？

「お、おい、あれ……」

と、周囲がざわざわし始めたことに秋良は気づく。

「陰キャがヤンキーにカツアゲされてるぞ」

「駅前で堂々と⁉　すごい度胸だな」

「でもあの女の子めちゃめちゃガラ悪いし怖い」

「尊い犠牲だった……」

——やばい、駅にいる人たちが誤解してる⁉

秋良《あきら》は自慢じゃないが、誰がどう見てもザコい陰キャである。対する雫花は現状、どこに出荷しても恥ずかしくないヤンキー少女。その二人が一緒にいたら、カツアゲされているように見えても仕方ないだろう。

――このままでは雫花先輩が通報されてしまう！

「雫花先輩、すみません。ちょっとトイレ行ってきます」

「？　わかった。行ってきなさい」

――どうして雫花先輩がサイレント・ライオットモードで現れたのかはわからない。けれど今日一日一緒に過ごすなら、僕は陰キャの格好をしてちゃダメだ。

秋良は、トイレに行くと、鏡の前に立った。

眼鏡を外し、髪をかき上げる。

ギリッと、鏡の中の自分を睨《にら》む。

――よしよし、この表情なら、いける。

ネクタイも外し、制服も着崩して――一丁上がり。

そこには、日影市の〝番長〟が立っていた。

「ひっ」

トイレに入ってきた一般男性が、小さく悲鳴を上げる。

秋良は満足する。この格好なら、サイレント・ライオットと釣り合うだろう。カツアゲされてるようにも見えない。

秋良は颯爽《さっそう》と、雫花のもとに戻った。

「お待たせしました、雫花さん」

「あ、あなたは、番長！」

雫花が顔を輝かせた。

気に入ってもらえたようだ。

「番長直々に来てくれるとは、光栄だわ」

「こちらこそ。では、行きましょうか」

「ええ」

二人は改札を通り抜ける。

改札に入ると、雫花は自然と、腕を絡《から》ませてきた。

ちょっとドキッとするが、ここは番長らしく平常心を保つ。

〝番長〟に期待される態度を崩したら、ヤンキーにカツアゲされる陰キャに逆戻りだ。

――頑張るんだ、僕。雫花先輩、嬉《うれ》しそうだったし、今日はヤンキーモードを貫くぞ。

凄《すさ》まじい存在感を放つ、ダブルヤンキー。

休日の駅構内はけっこう混んでいたが、二人が歩く場所は、さーっと人混みがはけて、めちゃめちゃ通りやすくなっていた。

旧約聖書で、海が真っ二つに割れて道ができたときみたいな感じで、不自然に人混みに裂け目ができて、二人が通る道を作っている。

——大丈夫なのか？　僕たちが水族館に行って？

一抹の不安を覚える秋良であった。

3

電車に揺られること、一時間半。最寄駅《もよりえき》から無料の送迎バスに乗って、およそ十分。

雫花と秋良は水族館に到着した。

館、と冠しているが、生き物は屋外に展示されているものが多く、どちらかと言うと、水棲《すいせい》動物の動物園といったほうがイメージが近い。

チケットを買う際は、受付のお姉さんにビビられたし、入館してからは二人のいる場所だけ人混みが消えて、謎の空間ができている。

見るからに凶悪そうなヤンキーカップルの出現に、周囲の人々は驚愕《きょうがく》したり、恐怖したりしているのだ。

だが、彼らの様子とは裏腹に、雫花《しずか》はテンションが上がりまくっていた。

作戦通り、サイレント・ライオットモードになった瞬間、昨晩はぐっすり眠れた。メンタルコントロールの勝利。

そして秋良と対面したときも、まったく緊張しなかった。

制服を指定したのは、雫花がヤンキーにふさわしい私服を持っていなかったからだ。女の子っぽい可愛《かわい》らしい服では、サイレント・ライオットモードがギャグになってしまう。それだったら、制服をヤンキーらしく着崩すのが一番いい。雫花が制服なら、秋良も制服のほうが、違和感がなくてよいだろうと思い、秋良にも制服で来るようお願いした。

そうしたら嬉しい誤算——秋良も雫花に合わせて、番長モードに変更してくれた！

——新旧番長デート‼　熱すぎ‼

幸先《さいさき》がめちゃめちゃいい。

さらに雫花は、サイレント・ライオットの大胆さで、秋良の腕に絡みついた。いつもヒヨっている自分からしたら驚くべき動きだが、まったく躊躇《ちゅうちょ》しなかった。

しかも秋良も拒否しなかった。

男らしく堂々と、受け止めてくれた。

——ふぅー！　ヤンキーモード最高！

このままロマンチックな雰囲気に持ち込めば、告白までいけるのでは⁉

ってか、秋良くんも番長モードだし、これは、ちょっと強引に告白されちゃったりするのでは⁉

雫花は妄想する。

たとえば、壁ドンされて……

想像上の秋良「俺と結婚しろ」

とか⁉　とか⁉

きゃーっ！

——と、テンション上がりまくっていた関係で、入館してから今まで、ほぼ喋《しゃべ》ってなかった。

秋良は、けっこう寡黙なほうである。

陰キャモードのときは控えめで大人しく、番長モードのときは男らしく多くを語らない。

水族館に来る途中も、降りる駅の話とか、必要な話はしたけれど、あとは基本、無言だった。

会話がなくても気まずくならない関係性。

それはそれで愛ある関係って感じでアガるのだが、やっぱりこう、ロマンチックな会話もしたいところ。

――そうだなー。まずは可愛い動物を愛《め》でて、女としての私を意識してもらおうか。

「秋良くん、見て！　アザラシがいるわ！　可愛いね！」

「そうですね」

二人でアザラシのいるスペースに近づく。

アザラシは、仰向けになって日向《ひなた》ぼっこをしている。

丸くてふわふわして、大変、可愛らしい。

雫花は可愛いね、可愛いねと連呼しながら、秋良の腕にぎゅーっと抱き着く。

――えいえい、私も可愛いでしょ？　ね？　ね？

そんな雫花に秋良が放った言葉は……

「穏やかそうな顔です。幸せそうですね。だけど、もしここが自然界だったら、きっと、死んでるでしょうね」

「――――はい？」

何⁉　その、殺伐とした世界観⁉

「あ、あっちの水槽、シャチが泳いでるよ！」

雫花は秋良を引っ張っていく。

小さくて可愛い動物を見て、庇護欲《ひごよく》に駆られた結果、ちょっと厭世的《えんせいてき》になったのかも。

秋良くん、繊細だから……。

それなら、大きくて頑丈そうで、かつ可愛い動物を褒めれば女の子アピールできるぞ、と雫花は考えた。

「シャチも可愛いよね～」

「そうですね。ただ、この動物、〝海の殺し屋〟って呼ばれてるんですよね……油断して水槽の中に手を伸ばしたりしたら、噛《か》まれて骨を砕かれるかもしれません」

と言って、秋良は警戒するようにシャチを睨みつける。

秋良の殺意マシマシの眼光を見て、雫花は気づいた。

も、もしかして……世界観が、番長になってる⁉

誤算だった。

雫花がサイレント・ライオットモードになると、ヤンキーらしいメンタルに変わるように、秋良も番長モードになると、いつもの優しい秋良ではなく、ヤンキーとしての厳しい秋良になってしまうのだ。

これじゃあ、ぜんぜん、ロマンチックな会話なんてできない！

なんとかしないと……きっと秋良くんは、私がヤンキーの格好をしてるから、合わせてくれてるんだよね？　じゃあ、いつもどおりに戻れば、秋良くんも大人しい感じになって、いい雰囲気になれる……？

ちらっと秋良を見上げる。

その横顔は、あまりにもイケメンだった。

——無理だー！　ハッタリ決めてないと緊張しすぎて倒れちゃいそう！

「雫花さん」

「は、はい！」

「そろそろお昼にしましょうか」

「そうだね！」

二人はフードコートに向かった。

カウンターで食事を調達して、席に持っていくスタイル。

揃《そろ》ってミートパスタを入手して、向かい合って座り、食事を始めた。

——無言。

秋良《あきら》の世界観が殺伐としていると知った途端、会話がないことが圧になって、雫花に押し寄せてきた。

――な、何か話さないと……。でもキリッとした顔でパスタ食べる秋良くん素敵だな……じゃなくて会話！

「もう六月だし、学校には慣れた？」

とりあえず、当たり障《さわ》りない話題を振ってみる。

「そうですね、だいぶ慣れてきました」

「何か困ってることとかない？」

「学校生活まわりでは特にないです」

「学校生活まわりで『は』ってことは、別のところでは何かあるの？」

秋良は気だるげにため息を吐いた。

「そうですね……この季節、ヤンキーチームにも新しいのが入ってくるんで、それがちょっと面倒で……」

会話の雲行きが怪しくなってきた。

「先週、血の気の多いのが、Rチルドレンとラッシュ・モトリーに、それぞれ何人か入ってきたんですよ。それで新入りたちが勝手に抗争を始めちゃって……」

Rチルドレンもラッシュ・モトリーも、日影《ひかげ》市のヤンキーチームである。

「テスト期間と被《かぶ》ってて面倒だったんですが、ヘッドどうしに手打ちをさせるのも、あと
あと遺恨が残るかと思いまして。仕方ないから、俺が出ていって両チームの新入りたちを
ぶちのめしました。正直、ダルかったです」

――やめて！　そんな血なまぐさい話をミートパスタ食べながらしないで！

「おいおい、なんだおめーら」

声をかけられて、雫花と秋良は顔を上げた。

ガラの悪い男が三人、雫花たちを見下ろしていた。三人とも、おそらくヤンキーだ。年齢は皆、十代後半くらい。

男三人で水族館に来ているのは可愛い感じだが、肩をイカらせて威嚇している姿はまさにヤンキーって感じ。

一人、態度がデカくて派手なやつがいて、そのわきに一人ずつ、小物っぽいのが控えている。ボス一人と舎弟二人、ということだろう。

話しかけてきたのはボスヤンキーだ。

「見かけねぇ制服だな？　どっから来た？」

「日影市だ」

秋良が答えると、舎弟二人がぎゃあぎゃあ喚《わめ》き出した。

「はーん。俺たちのシマで、んなチャラチャラした格好で女侍《はべ》らせてるとか、ナメたやつだな」

「こちとら合コンに失敗して腹立ってんだ、畜生。俺らの前で女といちゃつくんじゃねぇよ」

思うに、男三、女三で水族館に来たが、女性陣に愛想《あいそ》を尽かされたとか、そんな感じだろう。それで、雫花たちに八つ当たりしているのだ。

秋良がスルーしていると、

「おい、聞いてんのか？　ああ⁉」

ボスヤンキーが秋良の肩を摑《つか》んだ。

「──声が大きい。周りの人に迷惑だろ」

秋良は諭すように言う。

すると、舎弟二人が激高した。

「遠藤《えんどう》さんに口答えすんのか⁉」

「遠藤さんはなぁ、この辺りだと、知らないやつはいない、超強いヤンキーなんだぞ！　表に出ろ‼」

ボスヤンキーは遠藤という名前らしい。

「──わかったから騒ぐな」

秋良は面倒くさそうに立ち上がった。

「すみません、雫花《しずか》さん。ちょっと行ってきます」

「私も行くよ」

雫花も立ち上がった。

「せっかく楽しい気分だったのにぶち壊されて、私もキレてるから」

「ひゅー！　威勢のいい女だな！」

「可愛《かわい》がってあげるからね～」

ナメ切った態度を取る舎弟たち。

──覚えてなさいよ。私と秋良くんのデート、ぶち壊した罪は重いからね。

雫花たちは、周囲のお客が戦々恐々と見守る中、外へと出ていった。

＊

雫花と秋良は、殺伐とした雰囲気の空き地に連れていかれた。

「ここならいくら暴れても大丈夫だぜ」

リーダー格である遠藤が言った。

「そうだな……」

バキッバキッと秋良が指を鳴らす。

「というわけで、出てこい、おまえら！」

遠藤が声を上げると、物陰から、ヤンキーたちがぞろぞろ出てきた。

その数、およそ十。

水族館にいたやつらと合わせると、全部で十三人になった。

「――ずいぶん数が多いじゃないか」

秋良は落ち着いた声で問う。

「悪いな。俺たちは、どんなときでも確実に勝てるように戦うタイプなんだ」

遠藤が笑う。

「おめーら、話しかけても全然ビビらなかったし、けっこう腕に自信があるんだろ？　だったら袋にしてやるのが一番いいと思ってな。それに、せっかくの美人、仲間にもおすそ分けしてやらないといけないだろ？　友情ってやつさ！」

遠藤の言葉に呼応して、ぎゃはははっと笑うヤンキーたち。

「――ったく、どいつもこいつも品がない」

はあ、とため息をつく秋良。

「そうね……日影市のヤンキーたちのほうが、ずっと上品だね」

「あいつらはあいつらなりに、プライドがありますから……」

「きっと、リーダーがアレだから、部下たちも品がなくなるんだね……」

「おめーら、俺を侮辱する気か‼」

遠藤が秋良のところまで走ってきて、思いっきりストレートを放つ。

秋良はよけなかった。

腹に一発、食らう。

秋良は微動だにしない。表情も変えない。

まったくダメージがなかったかのように、ぎろりと、遠藤を見返すだけだ。

「な……」

遠藤はわかりやすくうろたえた。

「へへっ、俺様のストレートを食らって立っていたことは褒めてやろう。だが、次は……」

「――手を出してきたのは、おまえらのほうだからな？」

秋良は遠藤の言葉を遮って、言った。

「あ？」

「恨みっこなしだぞ？」

「何を言って——ベブシ‼」

遠藤が、ぶっ飛んだ。

少なくとも、ヤンキーたちにはそう見えた。

雫花にはわかった。秋良の蹴りを遠藤は思いっきり食らったのだと。

遠藤は地面をずるずると一メートルほど滑り、そして止まった。

まったく動く様子がない。完全に気絶している。

「遠藤さんが、い、一撃で……？」

「や、やべぇよ、逃げようよ……」

「で、でも逃げたってわかったら、遠藤さんにあとで絶対殺される……！」

「女だ！　女のほうを狙え！　そうすれば人質にできるぞ‼」

などと喚きながら一斉に雫花に群がるヤンキーたち。

「近寄らないでよ気色悪い‼」

先頭のヤンキーに蹴りをお見舞いする雫花。

そいつがボールみたいにぶっ飛び、後ろから襲ってきていたヤンキーたちに激突した。

ボウリングのピンよろしく、ヤンキーたちが蹴散らされる。

「ば、バケモノだ！」

「バケモノカップルだー‼」

蜘蛛《くも》の子を散らすようにして、ヤンキーたちがいなくなった。

あとに残された雫花と秋良は、無言でたたずむ。

「………………」

気を失って倒れている何人かのヤンキー。

水族館からは遠く離れた空き地。

雫花は冷静になっていた。

もはやこれは、デートではない。

秋良も、同じ思いなのだろう。

「雫花先輩……ヤンキーモード、やめませんか？」

秋良はそう言って、苦笑した。

「うん、そうだね」

雫花はうなずき、がっくりと肩を落とした。

ヤンキーたちを倒した直後――
また失敗しちゃったなぁ…
はぁ…
こんなに好きなのにどうしてうまく行かないんだろう…
って、ヤバい！声に出ちゃった！
雫花先輩僕も好きです――
!?
――水族館！
……
ちーん…
だからを取り直していっぱい楽しみましょう！
ソウダネ…
もう、期待させないでよー!!
でもデートリベンジ頑張るぞ！
ぐっ
?

第4話　香織《かおり》先生の秘密

1

秋良《あきら》と雫花は、水族館へと戻ってきた。

――よーっし、水族館リベンジだ！

秋良は心の中で闘志を燃やした。

なんと、この水族館は再入場可なのである。

ヤンキーモードではトラブってしまったが、いつも通りの見た目ならきっと大丈夫なはず……と判断し、秋良と雫花は水族館に戻ってきた。

再入場の際は顔も確認されるので、念のため、ヤンキーモードのまま入場。そして、すぐにトイレに向かい、見た目を変更する。

秋良はいつもの陰キャモード、雫花はいつもの生徒会長モードになり、水族館へと舞い戻った。

――うん、やっぱりこの格好のほうが落ち着くなぁ。

秋良はほのぼのとした気持ちになる。眼鏡のスタイルのほうが、素の自分に近いのだろう。

身支度を終えた雫花を、秋良は改めて見る。

――雫花先輩って、ホント、美人だよなぁ……。

サイレント・ライオットのときのダークな感じも素敵だけど、生徒会長らしい清楚《せいそ》な感じも素敵だなぁ。

思えば自分のような陰キャが雫花と一緒に水族館に来られるなんて、本当に奇跡みたいなものだ。

「秋良くん、ごめんね、迷惑かけちゃって。あんなに堂々と、他の地域でヤンキーしてたら、絡《から》まれても仕方ないよね」

「雫花先輩のせいじゃないですよ。絡んできたヤンキーが悪いんです」

「だったら私だけ絡まれるべきだったのに、秋良くんもヤンキーの格好してたから絡まれちゃって……ヤンキーっぽくしてたのって、私に合わせてくれたんだよね？」

「合わせたのはそうですけど、全然大丈夫です。僕は雫花先輩と一緒にお出かけできるだけで、楽しいので！」

「――ッ！　も、もう、急にそういうこと言わないでよ！」

雫花は顔を赤くして怒った。

え？　急にそういうことってどういうこと⁉

番長モードのときとは違い、陰キャに戻ると、うまくコミュニケーション取れなくなっちゃうなぁ、と頭をかく。

番長モードのときは、番長っぽく振る舞っておけばいいから、方針が立てやすいのだが、陰キャモードだとそういう指針がない。結果、チグハグなコミュニケーションを取ってしまう。

自分は本質的に陰キャボッチなんだな……と残念な気持ちになる。

「それじゃ、出発しよっか！」

雫花はそう言いながら、右手をちょっと秋良のほうに伸ばした。

そして、そのまま固まる。

「？　どうしたんです？」

「え？　その、えーっと……」

雫花はわきわきと右手をグーパーしながら、視線を泳がせる。

——なんだろう？　さっき喧嘩《けんか》で手を使ったから、凝ってるとか？

「あ！　あっちにセイウチがいるよ！」

その右手はまっすぐセイウチのほうを指した。

そしてセイウチに向かってダッシュで駆けていく。

軽やかな足取り。よっぽどセイウチを見つけて、嬉《うれ》しかったんだろう。

──うおお、セイウチを見てはしゃぐ雫花《しずか》先輩が可愛《かわい》い……‼

目頭が熱くなる。

わが人生に、一片の悔いなし‼　と叫び出しそうだった。

「くっ……離れてどうするの離れて……もっとくっつかないと……」

秋良が追いつくと、雫花が何やらブツブツ言っていた。

「ん？　くっつく？」

「な、なんでもない！　じゃ、回ろっか」

秋良と雫花は、普通に、水族館を回った。

餌を食べるペンギンを見たり、水槽の中で泳ぐ魚を見たり……。

シャチのショーも見た。

ざばーん！　と水が大量に跳ね、

「きゃーっ」

と雫花がはしゃぎながら、水をよけようと、秋良に抱き着いてきて……。

「ご、ごめん……！」

すぐに離れた。

「い、いえ、大丈夫です……！」

ちょっと照れくさいけれど、すごく、楽しかった。

青春を感じた。

と――。

「ねえ、秋良くん」

シャチのショーが終わったときだった。

雫花は遠くのほうを見ながら、首をかしげた。

「あそこにいるの、香織先生じゃない？」

「あ！　ほんとですね！」

ちょうど秋良たちのところから、横顔が見える。香織は、すました様子で、展示を眺めていた。

「隣にいるのは……え？　渋井《しぶい》先生ですか？」

「そうみたいだね」

渋井先生――眼鏡をかけた数学の先生である。

秋良は、先日、渋井が美藍《みらん》をいびっていたのを思い出した。生徒からすると、わりと嫌なタイプの先生だが、休日になれば、一般の男性。水族館に来ることも、あるのだろう。

「わ～、あの二人、付き合ってるのかな？」

「仲良さそうですし、そうかもしれませんね！」

雫花の言葉に秋良は答える。

香織と渋井は腕を組んでいた。恋人どうしでもなければ、あんな格好はしないだろう。だいたい、ただの知り合いにすぎない男女が、二人っきりで水族館になんて来ない。

――――待て。

秋良は、気づく。

自分が起こした、重大事に。

ただの知り合いにすぎない男女が、二人っきりで水族館になんて来ない。

――や、やってしまった……‼

あのときは純粋に答えていた。雫花が、やってほしいことを訊《き》いてきたから、純粋に……。

――僕、雫花先輩を、デートに誘っちゃった⁉　え⁉　じゃあ、サイレント・ライオットモードになったり、雫花先輩の様子がおかしかったりしたのは……僕にデートに誘われ

たと思ったから⁉

だが、あの反応からは、雫花の気持ちがわからない。

僕にデートに誘われて、嫌だった？　嬉しかった？　なんとも思ってない？

「すごいなぁ、先生どうしのロマンスかぁ。素敵だね！」

「は、はい！」

純真そのものの雫花の笑顔を、秋良は直視できない。

「だけど、意外だなぁ」

「この間も美藍さんのことで言い争ってましたもんね」

激しく口喧嘩《くちげんか》をしていたので、二人が一緒にいるのは不思議な感じがした。

「それだけじゃなくて……実は、香織先生って、渋井先生を避けてるって噂《うわさ》があるの」

雫花は言う。

「たとえば、香織先生って、けっこう遅くまで職員室に残って授業の準備してるでしょ？　でも、渋井先生が職員室にいるときは、なぜか香織先生は職員室にいないの」

ほぅ……。

「それから、去年の文化祭のとき、喫茶店をやってた店があったのね。で、全部のテーブル席にお客さんがいて、満席って感じだったんだけど、渋井先生がテーブル席に一人で座ってたの。そこに来た香織先生、先生どうしなんだから相席すればいいのに、渋井先生を見た瞬間に帰っちゃったんだって」

「それは……たしかに、避けてる感じありますね」

「でも、あんなに仲良さそうにしてるってことは、香織先生、好きの裏返しだったのかな？　それとも、あんまり好みじゃないと思ってたけど、付き合ってみたら、好きになっちゃったとか？」

「ずっと付き合ってた可能性ありますよ。でも生徒たちの手前、隠さなきゃいけないから、学校ではわざと仲がよくない振りをしてたのかもしれません」

「ありそう！　二人だけの秘密の恋、かぁ……ロマンチックでいいなぁ……」

夢を見るように、うっとりと言う雫花。

「私たちも、さ……その、恋人どうしに見えちゃったり、するのかなぁ……？」

「え⁉　ど、どうでしょう……」

「こ、困っちゃうね！　友達、なのに、ね……！」

どうしよう、何て答えたらいいんだ？

陰キャには難しいよ。

でも照れまくってる雫花先輩、すごく可愛いです！　神様、ありがとう‼

「——さて。そろそろ、いい時間、かな」

時計を見る雫花。

時刻は五時だった。

もう帰らないと、夜遅くなってしまう。

名残惜しいけれど、お開きの時間だ。

「帰りましょうか」

「うん、ちょっと名残惜しいけど」

雫花が秋良《あきら》と同じように思ってくれているのが、なんだか嬉しかった。

電車に乗って、秋良と雫花は再び、日影《ひかげ》駅に降り立った。

「うーん、ただいま我が街って感じだね～」

改札を出たところで、雫花が大きく伸びをする。

「秋良くん、夕飯どうする？」

「その辺で食べてくつもりです。家に帰っても、誰もいないので」

「え？　秋良くんって一人暮らしなの？」

「そういうわけじゃないんですけど、両親が仕事で海外を飛び回っていて、ほとんど帰ってこないんですよ。だから実質一人暮らしみたいなものです。夕飯も、作れるときは作りますが、今日はまあ、いいかな、って」

「そしたらファミレスでも行かない？　私も夕飯、外で食べてくるように、親から言われてるから」

「いいですねー、そうしましょう」

会話の流れに合わせて、二人は歩き出した。

その先に、見覚えのある二人組がいた。

「あ、香織《かおり》先生と、渋井先生……」

「そうみたいですね」

香織と渋井もどうやら、秋良たちと同じ電車で日影市まで帰ってきていたようだ。

秋良は二人の様子を見て、眉をひそめた。

水族館では仲睦《なかむつ》まじく寄り添っていた二人が、いまは向かい合って立ち、睨《にら》み合っている。

「デートだけって言ったじゃない！」

香織が言った。食って掛かるような勢いだった。

「大人のデートがこれで終わり？」

対する渋井は鼻で笑い飛ばすかのようだ。

「いま何時だと思っている？　まだ七時前。これで終わりなんて、まるで高校生じゃないか。いや、高校生だって、これから夕飯くらい食べて帰るんじゃないか？」

「夕飯くらいって……それで帰す気なんかないくせに」

「それはもちろん。夜は長いからな」

「……明日は学生時代の友達と出かける予定があるの。だから今日は早めに帰って、月曜日からの授業の準備をしないと」

「ふふふ。熱心なことだな。まあ、いいだろう。また来週も頼むぞ」

「来週も⁉」

「なんだよ。恋人なんだから、毎週会って当たり前だろう？　まあ、嫌だというなら、俺にも考えがあるが……」

俺にも考えがある。

その言葉を渋井が吐いた瞬間、一気に香織の雰囲気が変わった。

先ほどまでの強気な態度が霧散し、目に見えて、萎縮した。

これは……何かを、怖がっている？

「……何時に来ればいいの？」

「十二時でどうだ？　昼食をとって、街でも見て回ろう」

「――わかったわ」

「楽しみにしているよ」

渋井は余裕の表情で去っていく。

香織は立ち尽くし、うなだれている。

しばらくして、顔を上げると、秋良たちのほうに歩き出し……

「あなたたち……高崎《たかさき》さんと、小暮《こぐれ》くん？」

秋良と雫《しず》花《か》に気づいた。

二人はペコリと頭を下げる。

言い争っているのを全部聞いてしまったので、ちょっと気まずい。

香織は、二人に遭遇して、明らかに狼狽《ろうばい》していた。

「私と渋井先生が一緒にいたの、見ちゃったよね？」

「ええ、そうですね」

秋良はうなずいた。

「そっか……。ねぇ、ちょっとお願いがあるんだけど。私が渋井先生と一緒にいたこと、学校のみんなには内緒にしててくれない？」

「あ、はい。わかりました」

秋良がうなずくと、香織は、あからさまにホッとした表情をした。

知られたらマズいものなのだろうか？

渋井《しぶい》はたしか独身だったはず。

とはいえ、プライベートな話だし、あんまり詮索するのもよくないかなと思って、秋良は黙っていた。おそらく雫花も同じ考えだったのだろう。ちょっと気まずそうに愛想笑《あいそわら》いをしながら、黙っている。

「じゃあ、私はこれで」

秋良と雫花は、微妙な気持ちで、香織を見送ったのだった。

2

週明けの月曜日。

一日の授業が終わり、ガヤガヤと騒がしい教室で、秋良は帰り支度をしていた。

いつものように穏やかな一日。クラスメイトとの会話は特になく、今日も一回も先生から指名されることもなく、お昼は一人、非常階段で菓子パンを頬張り……と、代わり映えのない一日だった。

特にやることもないのでそのまま帰るかーと立ち上がったとき、

「へいへーい、陰キャ～！」

珍しく声をかけられた。

声の主は、秋良の数少ない友人の一人——美藍《みらん》だった。

「美藍さん、どうしました？」

「決まってんだろー！　会長とのデートのレポート聞きにきたんだよ！」

「え⁉」

「とぼけたって無駄だぞ！　アタシは知ってるんだからなー。会長と陰キャが二人で水族館に行ったたって！」

——雫花先輩が話したのかな？　二人、仲いいし。

「た、たしかに行きましたけど、あれはデートってわけじゃなくて……」

男女が二人で水族館＝《イコール》デートの等式を、秋良もちょっと考えていたので、頬が熱くなってしまう。

だが、雫花はあくまでデートではなく、秋良のお願いを聞いてくれただけで……。

——だいたい、あんなに美人で優しくて人気者でミスコン一位の雫花先輩が、僕みたいな陰キャとデートするわけないじゃないか。

というのが秋良の結論だった。最初、サイレント・ライオットだったし。

「ほうほうほうほう？　その反応は何かありましたな？」

だが美藍は、秋良が照れたのを見て、何か隠していると思ったらしい。

「おらおら～、隠し事すんなよ～！」

美藍は秋良に飛び掛かると、右腕を秋良の頭に回してヘッドロックをキメてきた。

〝番長〟にヘッドロックした人物は美藍が初めてである。

「ふぐぅ！」

「高校生の男女が二人っきりで水族館に行って、何もないわけないだろ～！　ラブラブしたんだろ～⁉」

「ふぐぅ！　ふぐぅ！」

秋良は美藍の腕の中でもがいた。顔面が、温かくて柔らかいものに押しつぶされて、うまく喋《しゃべ》れない。

「話します、話しますから、解放してください～」

「素直でよろしい」

解放された。

息を吸い込む。空気がとてもおいしかった。

秋良はきょろきょろ、教室を見回す。

教室には秋良と美藍の二人しかいなかった。廊下にも、人の気配を感じない。

これなら、最初から全部話しても大丈夫だろう。雫花がサイレント・ライオットであるとバレる危険はない。

秋良は当日の様子を美藍に話した。

朝、雫花がなぜかサイレント・ライオットモードで現れたこと、秋良もそれに合わせて番長モードになったこと。だがそのせいでご当地ヤンキーに絡《から》まれてしまったこと……。

「いやあ、やっぱり、ヤンキーはヤンキーを呼んでしまいますねぇ」

あはは、と笑う秋良。

美藍は苦笑していた。

「なんでそうなっちゃうかなー」

「さすがにマズいと思って、普通の格好に戻って、普通に水族館を回って帰ってきました。日影駅の近くのファミレスで夕飯食べて解散って感じです」

「そういう流れならそうなるよね……」

美藍はため息をつく。

「うーん、進展はなし、か……。でも二人っきりで出かけられただけ、大きな前進か？」

論評するようにブツブツとつぶやいている美藍。

秋良《あきら》は土曜日の話をしていて、香織と渋井のことを思い出した。

――あの二人の様子、ちょっと変だったよな……。

付き合っているにしては、駅前で話しているときは仲が悪そうだった。もちろん、恋人どうしだって喧嘩《けんか》くらいするだろう。けれど、恋人どうしの喧嘩とは、少し違う雰囲気を感じた。

二人に会ったことは誰にも言わない約束だけど、二人についての情報を得るのならいいだろうと思い、美藍に質問してみることにした。

「そうだ。美藍さんって学校内の情報に詳しいですよね」

「まー、それなりには？」

「香織先生と渋井先生のことなんですが……二人、付き合ってるんじゃないかって噂《うわさ》を耳にしたんですけど、本当でしょうか？」

「あの二人が付き合ってる？　ないないぜーったいない」

美藍は大袈裟《おおげさ》に両手を肩の辺りまで上げて、首を振った。

「やっぱり、香織先生が渋井先生を避けてるっていう話があるからですか？」

「もちろんそれもあるよ？　っていうかそれの原因って言うの？　香織《かおり》先生、去年、渋井に告《こく》られて、振ってるらしい」

「え⁉」

新情報だった。

「まあ、どう考えても年齢的に釣り合わないしね。香織先生は二十代で、渋井は四十代。二十歳くらい違うわけじゃん？　愛に歳《とし》の差なんて関係ないとは言うけど、好きじゃないんじゃ意味ないよね」

「よっぽど相手が好きじゃない限り、告白されても、付き合わないですよね……」

「そう。で、それからけっこう気まずくなってるみたいで、二人は明らかに距離を取ってる。さっきも言った通り、去年の話だから、アタシや陰キャは気まずい二人しか見てないんだよね」

「雫花先輩は、このこと知ってるんでしょうか？」

そんな話、してなかったような。

「知らなくてもおかしくないよ。二人、表向きはうまくやってるし、汚いゴシップではあるから、会長みたいに真面目な生徒の耳には入らないかも」

「美藍さんは、いったいどこから仕入れてくるんですか？」

「ま、ギャルのネットワークってやつ？　アタシたちは情報食って生きてるようなもんだから」

柳川《やながわ》のときといい、美藍の情報は本当に頼りになる。ヤンキー世界の問題で情報が必要になったときの情報屋リストに、秋良は美藍の名前を加えた。

「そういう感じだから、二人が付き合うってのはないんじゃないかなー」


秋良は美藍と別れて、その足で、生徒会室に向かった。

雫花は放課後、だいたい生徒会室にいる。他の生徒会メンバーの人は、仕事が終わると部活に行ったり帰宅したりするが、雫花は生徒会室を開けておくために、留《とど》まることが多いらしい。

「私がいて生徒会室を開けておけば、ちょっと生徒会に用事がある人とかの話、聞けるでしょ？　そのほうが便利じゃない？」

と、雫花は言っていた。

こういう細かい配慮が、雫花の尊敬されるゆえんなのだろう、と秋良は思っている。

今回、秋良はその配慮を活用させてもらうことにした。

生徒会室の入り口は開いていた。

中を覗《のぞ》くと、雫花《しずか》は一人、椅子に座って、参考書に目を落としている。勉強中らしい。

こういう日々の努力が、不動の学年一位という実績の理由なのだろう。

——雫花先輩は、才能ももちろんあるけど、きちんと努力をしている人なんだ。

邪魔したら悪いなぁとも思いつつ、香織と渋井の件は耳に入れておくべきだとも思うので、秋良は声をかけた。

「こんにちは～」

「秋良くん、こんにちは！」

雫花は顔を上げて、微笑《ほほえ》んだ。

「何か生徒会に用事？」

「いえ。おととい、香織先生と渋井先生を見かけたじゃないですか。あのことで、ちょっと話があって」

秋良は、美藍から聞いた話をそのまま伝えた。

雫花は腕を組んで、うーん、とうなった。

「美藍さんの話が本当だとすると、香織先生と渋井先生が隠れて付き合ってるって可能性は、かなり低いかもね」

「雫花先輩も、そう思います？」

秋良も同じ考えだった。それを確認したくて、雫花のところに来たのだ。

「もちろん、一回振ったけど、何度もアタックされたから付き合ったって可能性はゼロじゃないと思うよ？　だけど、学校であからさまに避けてるって話を、私も聞いてるから。仮に何度もアタックされてたんだとしたら、アタックされたくないから避けてたって考えたほうがいいんじゃないかな」

「そうなんですよね。ただ、土曜日に一緒に出かけてたのは事実じゃないですか。水族館では腕も組んでましたし」

「わからないなー」

「あと、気になってるのが……渋井《しぶい》先生、香織先生に、『俺にも考えがある』って言ってたんですよ。そう言ったあとの香織先生、何かに怯《おび》えているようでした」

「まさか、香織先生、渋井先生に弱みを握られてる？　それで、無理やり、デートさせられてるってこと……？」

「告白を袖にして、しかも避けていて……そういう相手だったとしても、弱みを握られていれば、デートくらいしますよね？」

「だとしたら、大変だよ。まだ決まったわけじゃないけど、何とかしなきゃ」

「僕もそう思います」

秋良と雫花は、香織に話をしにいくことにした。

何か困っているのだとしたら、まずは直接訊《き》いてみるのが手っ取り早い。

職員室に行くと、香織はいつものように、一人で授業の準備をしていた。

「香織先生」

雫花が声をかける。

「高崎《たかさき》さんと小暮《こぐれ》くん……何か、用？」

秋良と雫花の顔を見た瞬間、香織は気まずそうに目を逸《そ》らした。

「いえ、その、土曜日のことで、ちょっと……」

雫花がそう言うと、さらに気まずそうになる香織。

秋良と雫花は顔を見合わせる。

これは——やっぱり何かありそう。

ただ、いまここで問いただすのは得策ではないだろう、と秋良は思った。

「僕たちが一緒にいたことも、内緒にしておいていただけると嬉《うれ》しいな、と」

秋良は横から言った。

「え？　なんで？」

「生徒会の用事で一緒にいたんですけど、ほら、男女で一緒にいると、付き合ってるのかなーって疑われるかもしれないので」

「そういうことね。うん、わかった。黙ってるから」

香織はホッとしたのだろう、いつもの面倒見のいい先生の顔になっていた。

よしよし、うまくいったぞ、と思いながら、職員室を出る秋良。

あとから雫花がついてくる。

「秋良くん、どうしたの？　私たちが一緒にいたことを内緒にしてって……香織先生から事情も訊いてないし……」

雫花は、秋良の発言に困惑しているみたいだった。

「香織先生、土曜日のこと訊いてほしくなさそうだったじゃないですか。だから、無理に訊こうとするのも悪いですし、僕たちが頼む方向に会話をもっていけば、香織先生、辛《つら》くないかなって」

「そっか……秋良くん、優しいんだね」

雫花は納得してくれたらしい。

「でも……別に私は、秋良くんと付き合ってるって噂になっても大丈夫なのに」

「いや、ヤバイですよ。僕みたいな陰キャは何も失うものないですけど、雫花先輩は生徒会長ですよ？　僕みたいなのと付き合ってるなんて噂になったら、きっとみんなから幻滅されちゃいます」

「うー、心配してくれるのは嬉しいけど、ぜんぜん平気なんだけどなー」

雫花先輩、勇気あるなぁ。

周りの評価なんて気にしない。私は私の道を行くって感じなんだろうか。

「むしろ噂になってくれると、外堀を埋めてもらえて、いいというか……」

外堀を埋められるのがいい⁉

「雫花先輩、縛りプレイでもしたいんですか？」

あえて修羅の道を行きたい、と……？　さすが元番長……。

「え？　縛り、プレイ……？」

だが、雫花は秋良の言葉の意味がわからなかったようだ。

──意思疎通がうまくできなくなってきたから、別の話題に変えよう。

「とりあえず、香織先生が、あそこまで隠すのには何か理由がありそうです」

秋良が言うと雫花はうなずく。

「でも本人から話を聞くのは難しそうだね」

「そうですね……」

さて、どうしようか……。

「よーっす、会長、陰キャ！　いいところにいた！　大スクープだよ！」

昇降口に着いたところで、美藍《みらん》に声をかけられた。

ひょいひょい、と手招きされる。

そして秋良《あきら》と雫花に、美藍は耳打ちした。

「香織先生と渋井、今週の土曜にデートに行くらしい」

ウキウキした様子で、美藍は言った。

「いやー、陰キャ。疑ってごめんね？　あんた、意外と情報持ってるんだなー。さすがは番長」

「その話、どこから入ってきたんですか？」

「ギャルの先輩がさ、体育館裏で二人が話してるのを聞いちゃったんだって。今週土曜日、お昼十二時、日影《ひかげ》駅集合で、市内の繁華街で遊ぶらしい！」

秋良は先週の土曜日を思い出す。

たしか、そのようなことを、香織と渋井が話していた。

「しかも……そのあと、先輩が渋井に突撃したらさ……認めたらしい！　二人、付き合ってるぞ！」

「「ええ!?」」

秋良と雫花は同時に声を上げた。

「おかしいですよ。香織《かおり》先生は隠したそうにしてたのに……」

「へー。香織先生のほうが恥ずかしがり屋なんだな。かわいい!」

「いえ、けっこう深刻そうな顔してたんですよ」

「訳ありってやつか……」

うーむ、と美藍はうなると、

「だったらさ、二人のデート、尾行してみたら?」

とんでもないことを言い出した。

「デートの様子を見れば、ちゃんと付き合ってるのか、それとも香織先生が嫌々付き合わされてるのか、わかるんじゃないか?」

「それはさすがにマズくない?」

雫花は難色を示す。

美藍の言い分には一理ある。本人に直接訊けないのだから、目で見て確かめる。とても合理的な考えである。

とはいえ、雫花の懸念《けねん》もわかる。人のプライベートを覗き見していいものだろうか。

「でも会長も陰キャも、香織先生が心配なんだろ？」

たしかに心配だ。

香織は隠したいのに渋井《しぶい》は隠さない。

香織はデートに行きたくなさそうなのに、渋井は行く気満々。

拒否しようとしたら、「俺にも考えがある」。

直接的な証拠はないけれど、明らかに立場は香織が下だし、香織にとってすべてが不本意そうだ。

「わかりました、やりましょう」

「秋良くんが、そう言うなら……」

雫花もうなずいた。

「じゃあ決まりだな。というわけで、頑張ってくれよ、二人とも」

「二人とも？」

雫花が首をかしげる。

「おう。会長と陰キャの二人で行ってきなよ」

「ええ⁉　なんで⁉」

「デートを尾行するんだぞ？　デートっぽい雰囲気でつけていったほうがいいに決まって

るだろ。だったら男一女一で行くべきだ」

「そ、それは、そうかもだけど……ちょっと恥ずかしいな……」

顔を赤くして縮こまる雫花《しずか》。

おしとやかな雫花は、改めてデートと言われると恥ずかしくなってしまうのかもしれない。

「ほー。じゃ、陰キャ、アタシと二人で行く?」

「!?」

雫花が目を丸くした。

「あー、そうしましょうか」

男は秋良一人しかいないから確定。雫花が恥ずかしいとなれば必然的に美藍が行くことに……。

「任せとけ、誰に見せても恥ずかしくないカップルを演出してやるからな」

そう言って、秋良の腕に絡《から》みついてくる美藍。

上目づかいで悪戯《いたずら》っぽく笑いながら見上げてくるので、秋良はちょっと照れた。こういうときの美藍さん、可愛《かわい》いんだよな……。

「だ、だ、だめー!!」

「何がダメなんだい、かーいちょう？」

にやり、と挑戦的に笑う美藍。

「それは、その……そう！　美藍さんは派手で美人だから目立っちゃうよ！　私みたいに大人しい人間のほうが、陰に隠れやすいし、ふさわしいよ！」

「え？　雫花先輩も別に目立つんじゃないですか？　綺麗《きれい》ですし」

「き、綺麗!?　は、はうぅ……」

真っ赤になってしぼみ始める雫花。

え、なんか変なこと言いました？

「いいぞ、朴念仁。もっとやれ」

美藍からは褒められた。

「と、とにかく！　私のほうが尾行にはふさわしいから、私が行くよ！」

「オーケイ。じゃあ陰キャと会長にお願いするぜ！」

美藍は秋良から離れると、ばーんと秋良と雫花の背中を叩《たた》いた。

──雫花先輩と、もう一回、デート、か……。

秋良はひそかにドキドキした。

なんだろう。

いままで雫花と一緒に出かけたときとは、少し気持ちの雰囲気が違う気がする。

頬が自然と熱くなって、心臓がドキドキして……。

ただ、今回は遊びじゃなくて、任務だ。

あまり浮かれすぎないようにしなきゃ。

＊

「ふふふ……計画通りだ」

松田《まつだ》美藍は、心の中でひそかにガッツポーズした。

美藍が、秋良と雫花を再びデートさせるために煽《あお》っていたことを、秋良も雫花も知らない。

——この二人、放っておいたら絶対、くっつかないからな。何でもいいから口実見つけて、同じ箱に放り込んでやらないと。

まったく、手がかかるんだからー、と機嫌よさげに思う美藍であった。

3

「秋良くん、こっちこっち」

土曜日、午前十一時半――。秋良が日影駅前に着くと、雫花はもう来ていた。

「早いですね」

「うん。そこのカフェに席を取ってあるから、一緒に張ろう」

ちょうどウィンドウ越しに駅の改札口が覗《のぞ》ける場所に、雫花は席を取っておいてくれた。

秋良も雫花も、今日は私服姿である。日影高校の制服を着ていたら、香織も渋井も視界の端に入っただけで、秋良たちを見つけてしまうだろう。

私服であれば、きちんと距離を取っておけば、気づかれる危険はかなり低くなるはずだ。

秋良は、カウンターでコーヒーを買い、席に着いた。

「集合時間は……十二時だっけ？」

「はい。美藍さんから聞いた話によれば、そうです」

しばらく時間が経《た》ち、十一時五十分――。

先に渋井が来た。

学校では地味な背広姿だが、私服は意外と洒落《しゃれ》ている。

腕時計を見ながら、ややソワソワした様子で、改札前に立っている。

香織は十二時ピッタリに来た。

「やあ、香織先生」

「……どうも」

満面の笑みの渋井に対し、香織は引きつった笑顔だった。無愛想なのはマズいだろうと無理やり笑顔を作っている、そんな感じの表情。

「あ！　移動するみたい！　行こう！」

雫花に促され、秋良も立ち上がる。

香織と渋井は、腕を絡ませながら、歩いていた。一定の距離を取り、秋良と雫花はあとをつけていく。

休日の駅前は、人で賑《にぎ》わっていた。

「けっこう人がいるから、バレることはなさそうだね。でも、ちょっと見失いそうで怖いかも」

雫花は心配そうに言う。

「いちおう、街の要所要所に部下を配置してあるので、見失ってもすぐに発見できると思います」

秋良《あきら》は言った。

「え！　ヤンキーを動員してるの？」

「念のため、です。日影《ひかげ》高校の生徒は使ってないので、香織先生や渋井先生と面識のある人はいないから、変な噂《うわさ》も広がらないと思います」

広がりそうになったら厳罰に処す、という話はしないでおいた。

尾行は二チーム以上で行ったほうが安全である。一つのチームが見失った場合でも、別のチームが尾行を続けられていれば、失敗に終わらずに済むからだ。

今回は、尾行チームを増やすのではなく、デートスポットに人を配置し、情報交換させるという方法を取った。

今回の目的は、デートの様子の観察である。それ自体は、秋良と雫花が自分たちの目で見たほうがよい。だから、部下たちには、秋良たちが二人を見失っても、すぐに発見できるように待機してもらっているのだ。

デートの場所が市内で、ヤンキーたちは土地勘があるので、この方法が一番安全だと秋良は考えた。

本気を出すなら、部下を二人に接触させ、盗聴器を仕込むという手もあった。たとえば、道を尋ねるふりをして接触し、説明してもらっている間に、上着のポケットに盗聴器を放り込むとか。さすがにそこまでやるとプライバシーの侵害で訴えられる危険もあるので、その方法は取らなかった。

「いまのヤンキーって尾行とかもできるんだ……」

「僕が仕込みました。部下に尾行のやり方を覚えさせておくと、警察のお世話になるヤンキーを減らすのに役立つので」

「どういうこと?」

「ヤンキーって、やっぱりグレてる子が多くて……万引きとかするやつがいるんですよ。放っておいたら警察に捕まっちゃうんで、やめさせなきゃいけないんですが、そのためには、証拠を摑《つか》まなきゃいけないでしょう? そのために尾行が必要なんです」

他にも、悪い大人の使いっぱしりになっていないか調べたり、他のチームを荒らしまわってないか見張ったり、何かと尾行は役に立つ。各チームのヘッドに覚えさせたら、あとは勝手に動いてくれるようになったので、いまでは任せておけばだいたい大丈夫である。

「部下たちが警察のお世話にならないように見張ってるってことか……秋良くんって、部下想《おも》いなんだね」

「面倒くさがりなだけですよ。部下が捕まったりすると、僕が忙しくなっちゃうので……」

ホント、なんで自分、番長なんかやってるんだろう。謎だ。番長活動をする時間で、友達の作り方とかを勉強するべきなんじゃないかなと思ったりする。

もちろん、雫花がさらわれたときに助けにいけたのは、自分が番長だったからなので、悪いことばっかりではないのだけれど……。

「ふふっ、謙遜しなくていいのに——あ！　レストランに入っていったね」

香織《かおり》と渋井《しぶい》が入ったのは、道沿いのビルの一階にあるレストランだった。看板を見るに、イタリアンレストランのようだ。外に貼り出されたメニューを見たところ、ファミレスよりは料理の値段が高そうだが、高校生の手に負えないレベルではない。

「僕たちも入りましょう」

「うん！」

秋良たちが店に入ると、

「二名様ですか？」

品のいい感じのウェイトレスが迎えてくれた。

中に通されて、違和感を覚える。

なんだろう……すべての席が、二人席で、しかも隣り合って座る形になっている。

「こ、これって、カップルシートじゃない⁉」

雫花《しずか》が言った。

「なんですかそれは？」

「カップルがデートのときに、隣どうしで座ることで、親密になれる、的な？」

「えぇ⁉」

そんなシートに、雫花先輩と二人で座れって言うの⁉

「こちらの席でいかがでしょうか？」

「あ、はい大丈夫です」

とはいえ、秋良は大人しくうなずいた。尾行を続けるには、言われたとおり座るしかない。

「「……」」

――めちゃめちゃ密着してない？

肩が当たってしまう。え？　食べづらくない？

しかし、周囲を見回すと、むしろ秋良と雫花は密着度合いが低いほうだった。

男の人が女の人に腕を回していたり、女の人が男の人に抱き着いていたり……。

もちろん、普通に食事をしているカップルもいるのだが、ベッタリへばりついているカップルも非常に多かった。

とりあえず食事を注文し、不自然にならない範囲で、香織たちのほうをうかがう。

料理が来ても、食べながら、秋良たちは無言で香織たちを見ていた。周りがイチャイチャしているのに比べると、秋良と雫花は変なのかもしれないが、恋人らしい振る舞い方が秋良にはわからないので、こうするより他ない。

「香織先生と渋井先生は……普通にご飯食べてるね」

雫花が言った。

二人の先生は寄り添うようにして食事をしている。

「仲は……うーん、別に悪くなさそう？」

「言い争っている様子はないですね」

秋良たちのいる席からは、後ろから二人を見る形になっているので、表情はわからない。大人だし、仮に喧嘩《けんか》をしていたとしても、大っぴらには言い争わないかもしれないが……。

と、香織が席を立った。

こちらに向かってくる。

「まさか、気づかれたんでしょうか⁉」

「違うよ。あれ！」

雫花が指さした先にあったのは——お手洗い。

香織たちの席からお手洗いに行くなら、秋良たちの席の前を通るのが一番の近道だった。

どうする？　さすがに、近くを通られたら、バレるぞ？

秋良はキョロキョロ辺りをうかがう。メニューを立てて顔を隠せば……って、食事を注文したときにメニューは下げられてしまった。

視界の端のカップルに目が行った。

濃厚なキスをしている。

——これだ！

「先輩、すみません」

「え？」

秋良は雫花の肩に両手を置いた。

そして、雫花に覆いかぶさるようにして、顔を近づけた。

「え？　ちょっと待って！　まだ心の準備が……‼」

顔を真っ赤にして口をパクパクする雫花。

「大丈夫です、振りです」

小声で、秋良は言う。

秋良の顔は、雫花の唇に唇が触れるか触れないか、というところで止まっている。

「そ、そっか……」

そう言いつつ、雫花が目を閉じたのが見えた。

――まるで本当にキスをしているみたいで、心臓がドキドキする。

体も触れ合ってしまっているので、心臓の音が、雫花に聞こえているかもしれない。それともこの脈動は、雫花のものだろうか。

ガチャリ、とドアの開く音が聞こえた。

香織が通り過ぎ、お手洗いに入ったようだ。

「すみませんでした！」

秋良はパッと離れると、頭を下げる。

「だ、大丈夫……ちょっとびっくりしたけど……」

「でもとりあえず、バレなかったはず……」

秋良と雫花は胸を押さえ、深呼吸深呼吸……。

――雫花先輩の顔、すごく綺麗《きれい》だったな……まつ毛が長くて、瞳は透き通っていて、肌もきめが細かくて……

って、何考えてるんだ、僕。
よこしまなことは考えないで、いまは仕事に集中――
ガチャッと音がした。
香織先生がお手洗いから出てきた。
――しまった、帰りもあるじゃないか!!
予想していなかったせいで、秋良は反応が一瞬だけ遅れた。
やばい、どうしよう。また同じ手で……でもさっき雫花先輩をびっくりさせちゃ
――
雫花が、秋良の、首に、腕を、回して、顔を、ぐっ、と、近づけて、き、た。
「――ッ！」
「しー」
吐息のような制止を受け、秋良は固まる。
雫花は色っぽく目を細めながら、顔を近づけてきて――。
ぎりぎりのところで、止まった。
秋良は固まってしまう。
その流れるような動作はまるでキスを本当にするときみたいで……。

──雫花先輩……すごく、色っぽい……。

秋良《あきら》の胸板に、雫花の胸が押しつけられている。その柔らかな感触を味わいながら、もう自分の心臓が早鐘を打っているのはバレバレだろうと考える。でも同じ速さで、雫花の心臓も、秋良の胸板を叩《たた》いているような気がして……。

雫花先輩も、ドキドキしている……？

そんなことを考えていたら、視界の端で香織が席に戻っていくのが見えた。

「もう……大丈夫、みたいです」

ガバッと雫花が秋良から離れた。

「な、なんとなかったね」

いつもの雫花に戻った。

でも顔は真っ赤で、取り繕うように、髪に手櫛《てぐし》を入れている。

──その後も、秋良と雫花は、香織と渋井のあとを追った。

映画館についていってみれば、当然のように恋愛映画を見ることになる。

周りはカップルだらけで、映画を見ているのか、隣の恋人を見ているのかわからないような人たちしかいなくて、けっこう気まずかった（映画は面白かった）。

その次はショッピング。

香織と渋井は服を見ているようだ。

「渋井先生、プレゼント買おうとしてますね」

「香織先生は……遠慮してる？」

あの反応だけだと、付き合っているのかどうなのか、やはりわからない。

付き合っていても遠慮はするだろうし、付き合うのが嫌だったら、やはりプレゼントは固辞するだろう。

「なかなか難しいね……」

雫花はぐぬぬ、という感じで言った。

「もう少し続けてみましょう」

尾行で大事なのは忍耐力だ。

簡単に真相にたどり着けるのであれば、誰も苦労はしない。

秋良たちは、引き続き、あとを追う。

次に入ったのは——

「なんだろう、あのお城みたいなところ……？」

雫花が首をかしげた。

ずいぶん壮大な建物だ。西洋建築顔負けの、豪華な装飾。

香織《かおり》と渋井《しぶい》は足早に入っていった。

「見失うとマズいです。行きましょう」

言いながら、秋良はスマホを取り出し、

「もしもし、僕です。建物の出入り口を見張ってください」

『了解っす！』

部下たちに指示を飛ばす。

中の構造がわからない以上、見失った場合のことを考えて、万全を期しておきたかった。

暖簾《のれん》をくぐり（なぜ西洋建築なのに暖簾？　と思いつつ）、中に入る。

中も洋風だった。大理石を模したような壁と床。豪華そうに見えるが、近くで見ると、ただ模しているだけで、そこまで材質がよいわけではなさそうだ。

香織と渋井が、巨大なパネルの前に立っていたので、観葉植物の陰に秋良と雫花は隠れた。

「あ、あ、秋良くん……！　ここここここ」

「しー、声が大きいですよ……！」

「だって、ここ、ラブホテルだよ」

「ら……ええ!?」

秋良の声に反応し、香織と渋井がこちらを向いた。

慌てて口を閉じ、観葉植物の陰で息を殺す。

二人はすぐに、またパネルに戻った。

「秋良くん、声が大きい！」

「す、すみません……」

秋良も状況を理解した。

映画とかでしか見たことがないが、ここはたしかに、ラブホテル。

香織と渋井が立っているのは、部屋の様子が映されたパネル。使う部屋を選んでいるのだ。

「だけど、ラブホテルなんて、そんな……」

秋良はしどろもどろになりながら言う。

「香織先生も渋井先生も大人なんだから、別に、普通だよ」

「それも、そうですね……」

渋井がパネルをタッチした。

「いらっしゃいませ。先払いでお願いしております」

奥のほうから女性の声がした。フロントがあるのだろう。

二人が歩いていったのを確認して、雫花《しずか》が観葉植物の陰から出た。

「雫花先輩、どこに……？」

「決まってるでしょ。部屋に行くんだよ」

「ええ⁉　香織先生たち、ラブホテルに来てるんだから、付き合ってるってことでいいんじゃ……？」

「何言ってるの。ラブホテルに来てるからこそ、危ないんじゃない！　脅されてたらどうするの⁉」

雫花に言われて、ハッとした。

脅されてホテルに来ているのだとしたら、助けに入る必要もあるかもしれない。

秋良は自分を恥じた。

——そうだ、いまは恥ずかしいとか言っている場合じゃないんだ。

秋良と雫花はパネルの前に立った。

「香織先生たちの隣の部屋にしよう」

雫花がパネルを押す。

そしてフロントに向かう。

フロントのカウンターは、秋良がいままで見たことのないタイプだった。チケット売り場のカウンターの透明な板が、真っ黒で向こうが見えないものになっている感じ。手元の部分だけ穴が空いていて、そこを通して、お金や鍵をやり取りするのだ。顔が見えないほうが気まずくないからかな、なんて考えたりする。

高校生にとってはけっこうなダメージになる額を支払い、秋良たちは部屋へと向かった。

「…………」

部屋に入り、靴を脱いでスリッパに履き替え、秋良と雫花は棒立ちになった。

──何を話したらいいいんだろう。

わからない。

いや、いまはとりあえず、隣の部屋の様子をうかがうだけだから、話をする必要はないのだけれど……。

隣の部屋で行われているであろうことを想像してしまうので、なんだか気まずい。

「い、意外と、普通の部屋だね」

雫花に言われて、秋良は初めて部屋を見回した。

大きなベッド（キングサイズ?）、テレビ、冷蔵庫、椅子とテーブル。絨毯《じゅうたん》に覆われた床。

奥のほうに洗面台があり、その横に扉が二つあって、おそらくは、トイレとバスルームにそれぞれ通じているのだろう。

照明がほのかにピンク色なのを除けば、たしかに、普通のビジネスホテルと大差ない感じがする。

「とりあえず座ろうか」

雫花が歩き出す。

が、彼女らしくなく、椅子の足につまずいて、バランスを崩した。

「雫花先輩！」

咄嗟《とっさ》に、助けようと秋良は距離を詰める。

と、雫花は秋良の袖を思いっきり摑《つか》んだ。

凄《すさ》まじい力で引っ張られ、秋良もバランスを崩した。

「わっ、わわわ」

そのまま二人はベッドに倒れ込む。

二人とも、床に倒れるよりは――と考えた結果であろう。

雫花が仰向けに、秋良は雫花に覆いかぶさるように倒れた。

「「……！」」

完全に、秋良が雫花を押し倒したような形だ。

「ご、ごごごめんなさい……！」

大慌てで離れようとする秋良。

その服を、雫花は両手でぎゅっと摑んだ。

「し、雫花、先輩……？」

雫花は、顔をちょっと横に向け、視線を秋良から外している。

艶やかな髪が、照明でかすかにピンク色になったシーツに、ふんわりと広がっていて綺《き》麗《れい》だった。

「ねぇ、秋良くん……？　秋良くんも、やっぱり、そういうこと、したいの？」

「へ……？」

真っ赤になりながら、雫花に問われ、困惑する。

そういうことって、つまり、そういうこと、ですよね……？

「えーっと、それは、その、まあ、人並みには？」

何言ってんだ自分。でも、ここで変に否定するのもよくない気がした。

なぜだかわからないけれど、雫花には、自分が女性に興味がないと思われるのが嫌で

……。

「そうだよね、男の子だもんね」

「はい、男です」

「じゃあさ、もし、ここで私が……」

雫花は秋良《あきら》の服から手をはなし、その手を、自分の胸元に持っていった。

まるでいまから、服を脱ごうとするかのような仕草。

「いいよって言ったら、どうする？」

フリーズした。

何を言われてるのかわからない。

いいって、いったい、何が…………

バッターン！

派手な音が廊下で響き、秋良は立ち上がった。

雫花もすぐに起き上がっていた。

「やっぱり、こんなことできない‼」

香織の声だった。

そして、部屋の前を誰かが走り去る音――。
直後、秋良のポケットでスマホが震えた。
外で入り口を見張らせているヤンキーからだった。
『番長！　女のほうが、一人で建物から出てきました！　どっか走っていきます！』
「了解です。尾行してください」
秋良はスマホを切り、雫花にうなずいてみせる。
二人はホテルを出て、香織を追った。

ヤンキーたちのナビによって、秋良と雫花は、香織に追いついた。
香織は駅前にいた。
どこに行くでもなく、ただ、立ち尽くしているだけ。
しばらくして、香織はスマホで電話をかけた。
「渋井先生……私です。すみません、今日は帰ります。すみません」
一方的に言って、電話を切った。
そのまま、去っていく。
その後ろ姿を見つめながら、

「付き合っているわけではなさそうですね」

秋良は言った。

「うん。付き合ってたら、ホテルから逃げ出して、あんな顔はしてないと思う」

だとしたら、やはり、脅されて無理やり言うことを聞かされているのだろう。

なんとかしなければ、と思う。

＊

「香織《かおり》先生、心配だな……」

家に帰り、自室に引っ込んだ雫花は、ため息をついた。

どう考えても香織は、渋井《しぶい》と付き合うのが本意だとは思えない表情だった。

早く助けてあげたいけど、決定的な証拠がないので動けない。

とはいえ、香織が困っているとわかっただけでも、今日は収穫があった、と言えるかもしれない。

今日は、と言えば……。

「う、うわあああ」

一日のことを思い出して、雫花はベッドに倒れ込み、もだえ苦しんだ。

期せずして、デートみたいなことをしてしまった。

レストランのカップルシート、隣どうしで見る恋愛映画、二人で回るショッピングモール……。

この辺は、問題ない。

問題なのは、ラブホテルでの、

「いいよって言ったら、どうする？」

という、あの発言。

雫花は思い出した瞬間、爆発したように真っ赤になり、枕でバンバン自分の頭を叩《たた》いた。

「私なに言ってんの⁉　いくらいい雰囲気だったからって、大人な場所だったからって、いきなり、あんな、破廉恥な……‼」

香織と渋井の大人な雰囲気に完全に流されていた。

「軽い女だって思われたらどうしよう⁉　遊んでるって思われたら‼　秋良くん、困ってたよね⁉」

真面目で優しい秋良が、あんな、どさくさにまぎれた感じで手を出してくるわけないじゃないか。ただびっくりさせて、困らせただけだ！

うわーん、私のバカあああ‼

どうして自分はこうなんだ。

告白もできない。距離を詰めようとすると、まったく近寄れないか、今回みたいに暴走して詰めすぎてしまう。

なんで適切に、順序よく、進められないの⁉

どうして⁉　どうして⁉

一人、断末魔のようなうめき声を上げながら、夜はふけていった。

4

月曜の朝が憂鬱なのは、人類共通の現象だと思う。

けれど今の自分の心境は、きっと自分特有のもの。

そんな重苦しい感情を抱きながら、月曜の朝の道を、押尾《おしお》香織は歩いていた。

「はあ……」

思わず、ため息をついてしまう。

香織にとって日影《ひかげ》高校は、教師として初めて赴任した高校だ。

理想に燃えながら、ちょっと現実にも怯《おび》えつつ、期待と不安に胸を膨らませて始まった高校教師生活。

一年目は、がむしゃらに頑張った。失敗も多かったけれど、同じくらい成功もした。

二年目は、前年の経験を活《い》かし、それなりに教師らしくなったと思う。

この辺りまでは、順調だった。

問題は三年目——昨年だ。

渋井圭太《けいた》が、別の高校から転任してきた。

彼さえ来なければ……香織の教師人生は順風満帆だったはずだ。

「押尾先生、おはようございます」

「——ッ」

職員室の前で、声をかけられ、香織は現実に引き戻された。

いま最も聞きたくない声に、思わず身を縮こませる。

「おはようございます、渋井先生……」

「元気がないね。お疲れかな？」

渋井は心配そうに尋ねてくる。

その姿は、若い教師を心配する先輩教師のそれだった。

渋井の他の教師からの評価は〝優しい教師〟である。

生徒が聞いたら意外に思うかもしれないが、渋井は、教師の間では評価が高い。その大きな理由は、渋井が他の教師に対してとても優しいからだろう。

もちろん、渋井は生徒には厳しいタイプだ。しかしそれも、教師の間では〝愛の鞭《むち》〟だと解釈されている。優しいからこそ、あえて厳しい指導もする。放任するのは真の優しさではない、と――。

しかし、その優しさが表面的なものでしかないことを、香織は知っている。

羊の毛皮をかぶった狼《おおかみ》。

香織には、渋井がそんな風に見えている。

渋井は香織の横を通り抜け、先に職員室に入っていく。

すれ違いざま、耳元で――

「放課後、生徒指導室に来い」

と囁《ささや》かれる。

渋井は、返事も聞かず、職員室に消えた。

返事など、聞く必要がないからだ。

香織は拒否できない。

――土曜日のことだろうな……。

気持ちがただただ、沈んでいく。

それでも職員室に入るときには、いつもの香織に戻っている。

生徒たちに暗い顔は見せられない。

だからまず、職員室に入るところで、気持ちを切り替える。

それが教師の仕事だ。


一日の仕事を終え、香織は生徒指導室に向かった。

部屋に入る前に、周囲をしっかり確認する。生徒指導のために他の先生や生徒がやってくるかもしれない。誰かが来るようだったら、時間をずらしたほうがいい。

誰もいないようだったので、香織は部屋に入った。

渋井はすでに来ていた。

「どうして呼ばれたか、わかっているね」

まるで生徒に対して話すような口調で、渋井は言う。

「土曜日は、すみませんでした。勝手に帰ったりして。でも……」

香織は自分で自分の肩を抱いた。

「やっぱり、あんなことはできません」

「なぜ？　俺たちは恋人どうしだろう？」

「……」

違う、と言いかけて、香織は口をつぐむ。

否定することは、できない。

なぜなら、渋井の言うことは、すべて聞かなければならないから。

「はい……恋人です。だけど、それでも……」

「心の準備ができない、か？　まあそういうのも初々《ういうい》しくて、悪くないな」

舐《な》めるような視線を向けられ、香織は身震いする。

「俺も鬼じゃない。無理やり手籠めにするのは、気分が悪いし、まあいいだろう」

――どうしたんだろう、急に。

香織は身構える。

この男が、そんな簡単に引き下がるとは思えなかった。

「そこで提案だ。俺のために働いてくれれば、俺の女にならなくてもいい」

「働く？　何をすればいいの？」

「生徒を一人、誘惑しろ」

「おまえなら簡単だろう。その容姿だ。男子生徒の間じゃあ、なかなか人気がある。おまえがちょっと誘えば、簡単に落とせるさ」

「生徒を誘惑して、いったい何をするつもりなんですか？」

「なあに、俺の女にちょっかいを出した罪で、手数料をもらうだけさ」

「生徒を美人局《つつもたせ》にかけるつもりなの⁉　犯罪じゃない‼」

香織は驚愕《きょうがく》した。

生徒から金を脅し取る⁉

そもそも人間としてやってはならないことだが、それを、あろうことか、教師がやるなんて、本当にありえない。

「犯罪だったら何だって言うんだ。バレなければ罰せられないだろう」

渋井は心底不思議そうな顔で問いかけてくる。

狼の本性を、現していた。

「私が協力すると思ってるの⁉」

「もちろん。おまえみたいな悪人にピッタリの役目じゃないか」

「私は……私は悪いことなんかしてない！　あなたとは違う‼」

「はあ⁉」

「反抗的だな」

すーっと、渋井《しぶい》の目が細められた。

獲物を狙う、猛獣の目だ。

香織《かおり》は寒気がした。

「いいんだぞ、別に。例のこと、学校の掲示板に貼り出しても」

「――ッ‼」

「いいのか、教師の仕事を続けられなくても?」

一気に、反抗する意欲が萎えてしまう。

――勝てない。

この男には。

卑怯《ひきょう》で、悪知恵が働き、すべてを盤石にしてから悪事を進める――

悪の模範みたいな男だ。

香織みたいな小娘が対抗できるわけがない。

「まあ、いますぐに結論を出す必要はない。少し時間をあげよう」

渋井は生徒指導室を出ていった。

香織はただ、両手を握りしめることしかできなかった。

職員室に戻った香織は、一人、自分の机でうなだれていた。

——美人局なんて、絶対しちゃダメだわ。

教師が生徒を食い物にするなんて、絶対に許されない。

だが拒めば、香織は教師を続けられなくなる。

一生懸命努力して、やっと、夢を叶《かな》えたのに……。

その夢が、潰《つい》えてしまう。

トントン、というノックの音がして、香織は頭を上げた。

「失礼しまーす」

生徒が二人、入ってきた。

生徒会長で二年の高崎雫花《たかさきしずか》と、一年の小暮秋良《こぐれあきら》。

どういう接点があってそうなったのかわからないが、秋良が生徒会の手伝いをよくしているらしい。学校一有名な生徒と、かなり目立たないタイプの生徒という組み合わせなので、ちょっと珍しいなと香織は思っている。

「あなたたち、こんな時間にどうしたの？　そろそろ下校時間よ」

雫花と秋良は、一度顔を見合わせたあと、うんとうなずき合った。

そして、秋良のほうが口を開いた。

「単刀直入に訊《き》きます。香織先生、渋井先生に脅されてるんですね？」

「な……」

香織は絶句する。

「すみません、僕、香織先生のあとをつけてて、生徒指導室の外で、二人の話を聞いちゃったんです。生徒を誘惑しておびき出して、お金を脅し取るという話も……」

「誰も来てないのを確認したのに……」

話をしているときも、廊下を誰かが通った様子はなかったはず。絶対に誰にも聞かれていないと思ったのに……。

「僕、めちゃくちゃ影が薄いんで、尾行とか得意なんですよ」

苦笑いをする秋良。

そういうもの、なのだろうか……？

ただ、話を聞かれてしまったのであれば、否定しても意味ないだろう。

香織自身、そろそろ限界に来ていた。

一人で抱え込むのに、疲れ果てていた。

「……そう、脅されてる」

「やっぱり……」

そして、心配そうに自分を見つめる二人を見ていて——

「でも、大丈夫。あなたたちの顔を見て、決心がついたわ。私は、教師をやめる。そうすれば、渋井先生の言いなりになる必要ないもの」

「待ってください！　私たち、香織先生のこと、大好きなんです！　明るくて、いつも元気をくれるし、生徒想《おも》いで……。だから、やめるなんて言わないでください！」

必死な様子で雫花が言う。

じーんと、胸が熱くなる。

この言葉をもらえただけで、教師をやっていてよかった、と思った。

もう十分じゃないか。

結局、自分が悪いんだから、潔《いさぎよ》くここで引くのも、大切だ。

「ありがとう。でも無理なの。過去は変えられないから。あのことを公開されたら、私は……」

「あのこと……差し支えなければ、何のことか、教えてもらえませんか？」

秋良が訊いてくる。

「……そうね」

ここまで話したのなら、全部伝えてもいいだろう。

香織がなぜ、脅されているのか。

そして香織がなぜ、教師を志したのか。

「私、高校を中退してるの。しかもその原因は、先生を殴ったこと――」

「どうしてそんなことを⁉」

秋良が声を上げる。雫花も目を丸くして驚いていた。

「――許せなかったの、あいつが」

香織は、ギリッと、歯噛《はが》みした。

思い出すだけで、腹が立ってくる。

「私が高校二年のとき――同じクラスの子が、クラス中からいじめられてた。それだけなら、まあ、よくあることよね。でもそのクラスでは先生も一緒になっていじめてたの。うん、先生が主導してたって言ったほうが、正しい」

いじめられていた彼女の、悲しそうな背中が思い出されて、胸が痛んだ。

「もともとは――別の子がいじめられてたの。そのいじめを止めようと頑張った結果、いじめを主導していた先生が、標的を、彼女に移した。生徒たちは怯《おび》えたわ。先生に歯向かったら、自分がいじめられるんだって、思ったから」

「酷《ひど》い……」

　雫花が沈痛な顔で、言う。

「ええ、本当に酷い。だから私、どうしても許せなくて……。ボコボコにしてやったの、その先生を。ああいうやつは、痛い目を見なきゃわからないって思ったから。学校なんか、最初からやめるつもりだった」

　香織はギュッと、拳を握りしめた。

　あの日、羊の皮をかぶった狼《おおかみ》を殴り倒したときのように。

「反省はしてる。でも後悔はしてない。申し訳なく思うのは、結局、いじめられてた子も、学校やめちゃったこと。私を追いかけるようにして」

　香織は思い出して苦笑する。

「――香織ちゃんだけ、やめさせるわけにはいかないよ。それに、自分をいじめてたような人たちと一緒に勉強なんかしたくないし。

　そう言って彼女は笑ったのだ。

「いい人なんですね、その人」

　秋良が笑う。

「うん。いまじゃ、大親友。一緒に勉強して、大検を受けて、一緒の大学に行ったんだ。

私は生徒を守れる先生になりたいって思って、教師になった。それで日影《ひかげ》高校に赴任してきたの。で、いまに至るって感じ」

「香織先生、何も悪くないじゃないですか！」

雫花が言った。

「そうです、悪いのは生徒をいじめてた先生ですよ！」

秋良もうなずく。

「先生を殴って退学になったのは事実だから。けっこう派手に叩《たた》きのめしちゃったの。あのことが保護者に知られたら、さすがに学校にはいられないわ」

「そんな……」

雫花が肩を落とす。

「でも、どうして渋井先生はそのことを知ってるんです？　香織先生は誰かに話したりはしてないんですよね？」

そう訊いてきたのは、秋良だ。

「……私がボコした先生、渋井先生なの」

雫花と秋良は絶句したようだった。

渋井が一年前に赴任してきたとき、香織もまったく同じ顔をしたと思う。

「最近まで渋井先生は私に気づいてなかった。私、親の再婚で苗字《みようじ》が変わってるし、高校のときは、その、ヤンキーっぽい感じだったから。だから、適当に距離を置いてたの。告白されたときはびっくりしたけど、もちろん断ったわ。だけど二週間前——中間テストの順位が発表された日の放課後、私、渋井先生に呼び出されたの」

香織は、あの最悪の日の出来事を、語り出した。

＊

渋井と会ったのは、生徒指導室だった。

「何ですか、話って」

最初、香織は、美藍《みらん》の件で揉《も》めたことについて因縁をつけられるのかと思い、面倒だなあくらいにしか思っていなかった。

「おまえが、俺を袋叩きにした香織だったとはな……」

だから思いもしないことを——そして、最も恐れていることを言われ、香織は青ざめた。

「な、何のことですか？」

顔をそむけ、香織《かおり》は誤魔化《ごまか》そうとするが、

「とぼけたって無駄だぞ。苗字が変わっているが、おまえは俺の教え子の香織だ」

ゆっくりと渋井《しぶい》は回り込んできて、にやりと笑った。

「ただ、そうだな……違うというのなら、俺がかつて香織という生徒に殴られた話を、学校の皆《みんな》にバラしたとしても、問題ないだろう？　別人なんだからなぁ」

「──ッ！　お願い、秘密にしてて」

香織は折れた。

渋井は何らかの形で、詳細に人に話すだろう。そうしたら、きちんと調べる者が出てきてもおかしくない。香織が渋井を殴ったのは事実なんだから、言い逃れはできない。

「バラされるのが嫌なら、俺の言うことを聞いてもらおうか」

渋井は香織の顎を摑《つか》み、自分のほうに向けると、下卑た笑みを浮かべた。

＊

「卑怯《ひきょう》なやつ……！」

香織が話し終えると、雫花が怒りに顔をしかめた。

「──私は、教師をやめるしかない。自分の夢のために、大切な生徒を犠牲にするなんて、ありえないもの」

「大丈夫です。香織先生は、教師をやめる必要なんてありません」

秋良《あきら》が言った。

胸を張り、自信満々な様子だった。

「僕がこの問題、解決します」

「解決なんてできるの……？」

香織は眉をひそめる。

香織は二週間、さんざん悩んだが解決策を思いつけていない。

それを、この少年は、この短時間に思いついたというのだろうか？

「秋良くんが大丈夫って言えば、大丈夫になるんです。ね、秋良くん？」

「はい」

笑顔でうなずく秋良。

不思議だった。

どこからどう見ても、ひ弱そうな、高校生男子である秋良。

その笑顔がなぜか頼もしく見えて、香織は安心してしまった。

だから本来なら、教師がこんな形で生徒を頼るべきではなかったのだけれど――。

「わかったわ。お願いする」

香織は彼を頼っていた。

「ありがとうございます。それじゃ香織先生、僕を美人局にかけてください」

「ええ⁉」

香織は思わず声を上げる。

「あえて、美人局《つつもたせ》にハマったふりをして、証拠を手に入れましょう。その証拠を学校にバラされたくなかったら、香織先生に付きまとうのをやめてくれって交渉するんです」

秋良はよどみなく説明する。

「いい考えだね」

雫花《しずか》がうなずく。

「渋井先生の悪事を警察に通報するのは簡単だけど、そんなことをしたら、きっと渋井先生は香織先生の秘密を話しちゃう。それを防ぐには、このやり方が一番いいと思う」

「つまり、小暮《こぐれ》くんが囮《おとり》になるの？　ダメよ、危険すぎる！」

香織は首を振った。

生徒を危険にさらしたくない。たとえ、自分が助かるためだったとしても。

「心配いりません。マズそうだったら、僕はすぐ逃げます。このとおり影が薄いんで、逃げるのもうまいんです」

「でも……」

「香織先生、やる前から諦めちゃダメって、いつも言ってるじゃないですか。泣き寝入りなんて、香織先生らしくないですよ！」

秋良のこの言葉が決め手だった。

——そうだ。やる前から諦めちゃダメ。とりあえず、挑戦する。話はそれからだわ。

渋井の言いなりになる必要なんてない。できるだけ抵抗するべきだ。

もし危なくなったら、私が小暮くんを守ればいい。

「わかったわ。よろしくお願いします」

香織は二人に頭を下げた。

5

翌日の放課後——。

香織は、日影駅前で、秋良を待っていた。

昨日は承知した香織だったが、一日経って冷静になってみると、かなり危険なのでは……と思い、若干、不安だった。

とはいえ、他の方法を香織は思いつけないので、ひとまず、秋良の言うとおりにしようと腹をくくっていた。

あの聡明《そうめい》な生徒会長、高崎《たかさき》雫花もＯＫした案なのだから、きっと大丈夫だろう。

「香織先生！」

秋良がいつの間にか目の前にいた。

「え⁉　あ、お疲れ様……！」

いつからいたんだろう……？　気づくのが遅れてしまい、申し訳ない気持ちになる。

秋良は極端に存在感が薄い。どこにでも、すぐ、周囲に溶け込んでしまう。存在をあまり主張してこないのだ。謙虚な子なんだろう、と香織は思っている。

「では、行きましょうか。街外れの廃倉庫でしたよね？　あそこ、いかにも悪いやつが好きそうな場所ですよね～」

のんきに笑う秋良。

「渋井先生のプランだと、デートしてる振りをしておびき出す感じなんだろうけど……まっすぐ向かっちゃって、大丈夫よね？」

「はい、問題ないと思います」

香織と秋良は一緒に街外れへと向かった。

廃倉庫の中は薄暗く、埃《ほこり》っぽかった。

よどんだ空気に顔をしかめながら、その奥に見えたものを見て、香織は、なぜこの場所が選ばれたのか理解した。

そして、自分の甘さを思い知った。

「おいおい、陰キャ野郎」

渋井が言う。

余裕の表情だ。それもそのはず。渋井は一人ではなかったのだから。

ガラの悪い若者たちが、渋井の周囲に控えている。

派手でチャラチャラとした服装。そして手には金属バットや角材といった武器。

明らかにヤンキーの集団だった。

気になってはいたのだ。

渋井は男子生徒を誘惑しろと言った。そして脅す、と。

でも高校生ともなれば、男子の力はなかなかのものになる。どうやって脅すつもりなのだろう、と香織は疑問に思っていた。

金を出さなければ痛い目に遭うぞ、と脅したとして、逆に反撃されたら、高校生男子に渋井は太刀打ちできるのだろうか？　返り討ちにされてしまうのではないか？

いくら子供だって言ったたって、追い詰められたら、死に物狂いで襲い掛かってくる可能性だって、あるだろうに――。

いま、謎は解けた。

ヤンキーたちを使って、脅迫するつもりだったのだ。

「あ、あの……これはどういうことですか、香織先生⁉」

秋良はあらかじめ打ち合わせしておいたのとそっくりそのままのセリフを吐いた。怯《おび》えた様子に見えるが、それは演技だ。実際は、まったく動じていないらしい。

「いえ、これは、その……」

香織のほうが困惑してしまった。

「おいおい、困るな陰キャ。俺の女に手を出してもらっちゃあ」

「ええ⁉　渋井先生、香織先生とお付き合いしていたんですか⁉」

「知らなかったのか。可哀想《かわいそう》に。だが、ケジメはつけてもらわないとな」

渋井の声が低くなる。

教師をしているときとはまったく違う声。

昔、香織のクラスメイトをいじめていたときと、同じ声——。

「痛い目に遭いたくなかったら、有り金すべて置いていけ。それから、明日、まとまった金を俺のところへ持ってこい」

「き、脅迫するんですか？」

「ああ、そうだよ。袋にされたくなかったら、さっさと金を出せ！」

秋良がズボンのポケットに手を突っ込む。

中から出てきたのは財布ではなく、スマホだった。

「いまの言葉、録音させてもらいました」

「——はあ？」

渋井が眉をひそめる。

「この音源を学校に提出されたくなかったら、香織先生に付きまとうのをやめてください。

本来ならさっさと警察に通報すべきですが、そんなことをすればきっと、渋井先生は香織

先生の過去をいろんな人に喋ってしまうでしょう。それは困るので、交換条件ってわけ

です」

秋良は胸を張り、堂々と言い切った。

だが……。

「くく……あーっはっはっは！」

渋井が笑い出す。

周囲のヤンキーたちも一緒に笑い出した。

「聞いたか、おまえら？　御大層なことだ。そんな脅しが通用すると思ってるなんて、本当にガキだよなぁ」

「本当に、学校に提出しますよ？」

「すればいいさ。できるならな！　おい、あのガキをシメろ」

「「へい！」」

ヤンキーが三人、秋良に向かって走り出した。

それぞれ手には金属バット、鉄パイプ、バール……。

「やめて！　生徒に乱暴しないで‼」

香織《かおり》は叫ぶが、届かない。ヤンキーたちは最初から話を聞く気がないし、そもそも足が速く、香織が間に割って入る暇すらなかった。

「小暮くん！」

ガギン！　という金属と硬いものがぶつかる音が、廃倉庫の中に響いた。

「「……？」」

ヤンキーたちが一瞬、呆《ほう》ける。

三つの得物はすべてコンクリートの床をぶっ叩いていた。

秋良《あきら》の姿はなくなっている。

「う、上だ！」

渋井のそばにいるヤンキーが指さすと、一斉に、三人のヤンキーが上を向く。

秋良は、高く跳躍していた。

ヤンキーたちの背後に、すっと着地する秋良。

慌てたヤンキーたちが秋良のほうを向くが、すでに遅かった。

秋良は一人の懐《ふところ》に入り込み顔面にストレートを一発。その勢いのまま隣のヤンキーに蹴りをお見舞いし、最後の一人には鳩尾《みぞおち》に肘を入れ、終了。

ここまでの流れるような動作は、あまりにも速すぎて、香織には、秋良が地面に立った直後、ヤンキーたちが三方向に吹っ飛ばされたように見えた。

「な、なんだ……？　なにが、起きた……？」

渋井が、震える声で言う。

香織は声を上げることすら、できなかった。

「——渋井。俺の先生に手を出すなんて、いい度胸だな」

秋良は眼鏡を外し、髪をかき上げた。

そこにいたのは、影の薄い陰キャ男子ではなかった。

きりっとした美貌。背筋をしっかりと伸ばし、堂々と地面に足をつけている。

その圧倒的存在感は、ただそこにいるだけで、周囲の人物を威圧する。

渋井とヤンキーたちが、一歩、秋良から距離を取るようにあとずさった。

「な、なんだ、おまえは……本当に、うちの生徒か………？」

「あいつは……！　日影市《ひかげ》の〝番長〟だ‼」

ヤンキーの一人が秋良を指さして言った。

——小暮《こぐれ》くんが、番長⁉

日影市の番長……生徒たちが話しているのを、聞いたことがある。

前代未聞《ぜんだいみもん》の強さを誇り、またたく間に日影市のヤンキーたちを傘下《さんか》に収めてしまった、史上最強の番長。あまりにも強く、偉大であるため、あらゆる二つ名が彼自身に負けてしまい、ただ〝番長〟とだけ呼ばれる、究極の存在……。

〝番長〟という単語を聞いた瞬間、他のヤンキーたちは恐慌《きょうこう》状態に陥った。

「マジかよ！　あの、一日で日影市を天下統一したっていうバケモノか⁉」

「うわあ、俺たちが勝てる相手じゃねぇ‼」

ヤンキーたちはくるりと秋良に背を向けて逃げようとする。

「逃げるな！　おまえらの悪事を学校や職場にバラすぞ！」

渋井が叫ぶと、ヤンキーたちは立ち止まった。

「「う、うわあああ‼」」

もうやけくそだ、という感じで、突撃していく。

だが、その数は十人を超えている。

この人数相手に、秋良は戦えるのか……。

「……遅い」

──秋良が消えた。

少なくとも、香織にはそう見えた。

気づくと、三人くらい、ヤンキーが倒れている。

──小暮くん、本当に、強いんだ……。……あれ？

渋井が少し離れた場所で、スマホに向かって何か話していた。

「いまだ！　番長がヤンキーどもの相手をしているうちに、香織を人質にしろ！」

物陰から別のヤンキーたちが現れた。

その数、十人ほど。

あらかじめ戦力を二分して、一方を隠しておいたようだ。香織たちが逃げようとしたときに回り込ませるためとか、そういう目的で用意してあったのだろう。

渋井はさすがに悪知恵が働く。

なんとかしないと……私が足手まといになるわけには……。

でも、この数のヤンキー相手に、私なんか……。

一人のヤンキーが、香織に向かって走ってくる。

他のヤンキーは、逃げ道をふさぐようにして、香織を囲んだ。

——ダメだ、私じゃ、こいつらに勝てない……！

「ごめんなさい、小暮くん……」

「香織先生は謝らなくていいわ」

頭の上で、声がした。

直後、香織の目前まで迫っていたヤンキーの頭に、人間のかかとが落ちてきた。

「ぐえぇ！」

潰されたカエルみたいな声を上げて、ヤンキーが地面に沈んだ。

一人の少女が、二階の物置きスペースから飛び降りてきて、ヤンキーの頭にかかと落としを決めたのだ。

「ああ……？」

渋井が、口を開けて呆けていた。

「残念でした。私たちもちゃんと準備してきたの」

少女は腕を組み、渋井に鋭い視線を向けた。

艶やかな美しい髪と、人形のように整った相貌、女性的でありながら、引き締まったしなやかなシルエット……。

香織は一瞬、生徒会長の高崎雫花《たかさきしずか》が現れたのかと思った。

だが、凶悪な戦闘能力とドスの利《き》いたアルトヴォイス、そして睨《にら》まれた者を恐怖で凍えさせるような絶対零度の瞳を見て、絶対に違う、と思い直す。

でもだったら、この人は誰なんだろう。

その答えは、渋井が教えてくれた。

「お、おまえは……伝説の女番長、サイレント・ライオットか⁉」

「ご名答」

凄絶な笑みを浮かべる、女性——サイレント・ライオット。

彼女のことも、聞いたことがあった。

かつて——いまの番長の前に、日影市を天下統一した女番長。

たった一人で大規模な暴動《ライオット》並みの混沌《カオス》を作り出すほどの戦闘力を誇り、気づいたら敵は全滅していたという……。

「うわあああ！」

ヤンキーたちが一斉にサイレント・ライオットに飛び掛かるが……。

「甘い！」

一人には蹴りを、もう一人には拳を、と……まるで工場で製品をさばくみたいに一人ずつ、〝処理〟されていく。

一分と経《た》たずに、ヤンキーたちは全滅していた。

「お疲れ様です、サイレント・ライオット」

一足先にヤンキーを全滅させていた秋良が笑みを浮かべる。

「お待たせしました、番長」

同じく笑みを浮かべる、サイレント・ライオット。

そして二人の目は鋭く細められ、唯一立っている悪——渋井へと向けられた。

「なんで現番長と前番長がいるんだ⁉ くそっ、どうしてこうなった！」

震えながら、あとずさる渋井。

「悪いことしたから罰が当たったのよ」

と言い、一歩踏み出すサイレント・ライオット。

「さあ渋井。手下は全滅したぞ」

番長も、一歩、距離を詰めた。

「わ、わかりました！ 全部白状するから許してください」

土下座して謝る渋井に対し、

「謝る相手は、俺たちじゃないだろう」

番長が冷ややかに言う。

「え……」

「おまえが謝るべき相手は、香織《かおり》先生だ」

渋井《しぶい》の視線が、香織に向けられる。

渋井は這《は》うようにして、香織のほうに近づいてきた。

「か、香織……この通りだ。許してくれ……」

香織の脳裏に、いままでの渋井の卑劣な行いが蘇《よみがえ》る。

高校時代の陰湿ないじめ。

脅されて無理やり付き合わされたデート。

渋井はいつも、抵抗できない弱い立場の人間を虐《しいた》げる。

「許すわけ……」

香織は、渋井の胸倉を摑《つか》み、立ち上がらせると、

「ないでしょ‼」

顔面に拳を叩《たた》き込んだ。

あのときのように。

友達を助けるために、渋井をぶっ飛ばした、あのときのように――。

「ぐふぉっ！」

渋井は情けない声を上げながら、地面に転がった。

6

秋良《あきら》は香織と一緒に渋井を学校まで連行し、校長に引き合わせた。

「渋井先生が、話したいことがある……？」

校長は困惑していた様子だが、渋井が語り出すと、表情を引き締めた。

まず、香織に強要して、今回、美人局《つつもたせ》を画策したこと。

また、「番長とサイレント・ライオットに怒られますよ。ちゃんと話してください」と、秋良がつついたところ、まあ出るわ出るわという感じで悪事を吐き出した。

どうやら渋井は、元教え子たちを使って、さまざまな悪事を働いていたようだ。

二年生のとある生徒をいじめていたり、元教え子に万引きをさせたり……。

事態を重く見た校長は、警察に通報。渋井はそのまま逮捕された。学校は懲戒免職になることに決まった。

ちなみに、渋井は香織の秘密をバラそうとしたのだが、秋良が、「あーそれを言っちゃうと番長とサイレント・ライオットが黙ってないですよー」と言ったところ、大人しくなった。

こうして香織の秘密は守られ、彼女は変わらず教師を続けられることになった——。

＊

　渋井を校長に引き渡したあと、秋良と雫花と香織は、生徒会室で少しだけ話をした。

「秋良くん、本当にありがとう。なんてお礼を言っていいか……」

「香織先生が先生をやめないでくれれば、僕はそれでいいんです」

　秋良は笑顔で言った。

　学校の問題への対処だから、雫花のお手伝い……という面が秋良にとっては大きい。感謝されると、少し照れてしまう。

「そっか。それから、サイレント・ライオットさんにもお礼を言っておいて」

「それは私から言っておきますね！　知り合いなんで！」

　雫花がサイレント・ライオットである、という話は香織にもしていない。同一人物だとわかっても、香織はきっと雫花の秘密を守ってくれるだろうが、秘密を知る人は少ないほうがよい。香織もまったく気づいていないようなので、よかった。

「ねぇ、秋良くん」

　香織はしなを作り、秋良に身を寄せた。

「もし、君がよかったら、なんだけど……卒業したら、先生と付き合わない？」

　何を言われているのかわからなくて、反応が一瞬遅れた。

「――え？　先生って、香織先生と、ですか？」

「他に誰がいるの？」

香織はそう言って微笑《ほほえ》むと、腕を絡《から》ませてきた。

ぞっとするほど、綺麗《きれい》だった。

普段の明るい元気のいい先生、という感じではなく、大人の女性の空気……。

毒を飲んでしまったかのように、秋良はくらくらした。

「君、ホントにいい男だもん……三年くらい、ぜんぜん待てちゃうわ」

「ダメです！　絶対ダメ‼」

雫花が叫びながら、香織を秋良から引きはがした。

「どうして？」

不思議そうな香織。

「だって、生徒と教え子ですよ⁉」

「いまは、ね。学校を卒業したら、普通に大人の男女よ」

「卒業前は生徒と教え子なんだから、まだ口説いちゃダメです！」

「いいじゃない、禁断の愛って感じで」

「よくないですよ‼」

雫花先輩、真面目だなぁ。僕の話で、自分とは関係ないのに……。不純な異性関係を持って、僕が困るのを心配しているのかな？　優しい人だ……。

香織は不思議そうに首をかしげていたが……ぽん、と何か得心したかのように、手を叩いた。

「あ、もしかして、高崎さん、秋良くんのこと……」

「わーわーそれ以上は言わないでくださいーー！」

「ふふふ、まだ気持ちは伝えてないってことね」

香織は楽しそうに笑うと、

「わかった。先生が間に入るなんて野暮だから、ここは引き下がるわ」

雫花は安心したように、ほっと息を吐く。

「——でも、ぼさっとしてると、先生だって競争に参加しちゃうんだからね？　意外と三年ってすぐよ？　高崎さん、早くしたほうがいいわ」

「ううっ、敵からアドバイスされるなんて、情けない……」

雫花は肩を落とす。

「雫花先輩、ファイトです！」

秋良には、目の前で何が行われているかわからないけれど、とりあえず励ましておいた。

香織先生たちの尾行中
映画館にて――
秋良くんと二人で映画…デートみたいでドキドキだなぁ
こっそり横顔見ちゃおっかなぁ〜!
ちら…
わ〜 映画に集中してる秋良くん知的で素敵〜♡
さっ
――って じろじろ見てないで映画に集中!
さっき雫花先輩の横顔に見惚れてたのバレちゃったかな…?

エピローグ

渋井を撃退した翌日の放課後――。

学校の屋上で、秋良は繁《しげる》に電話をしていた。

『柳川《やながわ》の手下たちも、渋井の手下たちも、どっちも日影《ひかげ》市のチームの連中じゃなかったっす』

電話がつながるなり、繁は言った。

「やっぱり……」

繁の言葉に、秋良はうなずく。

柳川と戦ったとき、周囲にいるヤンキーたちに見覚えがなかった。

もちろん、秋良とて、日影市のすべてのヤンキーの顔と名前が一致しているわけではない。そんなことは不可能だ。

だが、ヤンキーチームにはそれぞれカラーというか、服装の癖やチームごとに似たような雰囲気があるので、日影市の者であれば、見れば何となくわかる。

たとえば、繁の所属するシルバー・スコーピオンの構成員は、佐曽利《さそり》工業高校のジャージを身に着けている者が多い。

柳川の手下にはそういう特徴がなかった。

また、渋井の手下たちも同様だった。

もともと秋良は繁に、逃げ出した柳川の手下たちのことを調べてもらっていた。さらに昨日、渋井を倒したあと、急遽《きゅうきょ》、渋井の手下も尋問してもらった。

そして今日、その報告を聞いた、というわけだ。

日影市のヤンキーでないのであれば、注意喚起の意味で、秋良の正体を柳川に伝えた者がいてもおかしくはない。

『柳川の手下も、渋井の手下も、千葉の北西部を拠点にして活動しているチーム——モータル・エネミーに所属してる連中でした』

「つまり、モータル・エネミーが、日影市に侵攻をかけようとしている……」

『可能性はありそうです』

「わかりました。各チームのヘッドに、注意するように周知してください。場合によっては、僕が出ます」

『了解っす』

「では、引き続きよろしく」

秋良は通話を切った。

そのあとも、一人、風に吹かれながら黙考する。

当たり前のことだが、ヤンキーは日影市限定の存在ではない。水族館でも遭遇したように、各地域にヤンキーたちは存在し、土地に根を張っている。

その中の一チームが、日影市を狙っていても、おかしくはない。

——部下たちにすべてを任せている場合ではない、か……。

いままで、市内のことだけを考えていればよかった。日影市には四つのチームが存在し、抗争を繰り返してきた。わざわざ混乱した地域を、外から取ろうというチームがなかったのだと思う。

だが、秋良が日影市を平定して、だいぶ年月が経《た》つ。

状況が変わってきた、ということか……。

——不思議だった。

面倒だ、という感情が湧いてこなかったのだ。自然と、自分が動いて、事態を処理しなければという使命感が働いていた。

理由は、すぐにわかった。

——この街には、雫花《しずか》先輩がいる。

日影市が荒れれば、必然的に、雫花にも危険が及ぶ。ヤンキーが抗争したくらいで、一般の人の迷惑になるほど大事になることは少ないかもしれないが、雫花はサイレント・ライオットだ。抗争が激化すれば、またサイレント・ライオットとしての彼女が、引っ張り出されてしまうかもしれない。

ときどき手伝ってもらっているとはいえ、彼女はもう、ヤンキーを引退したのだ。

一人の、普通の女子高校生として、生きているんだ。

雫花のことを想《おも》うと、自然と、やる気が出てくる。

いままで、何をやるにも本気になれなかった。

何かを能動的に頑張ろうという気持ちが出なかった。

一人は寂しかったけど、結局、何もできなかった。

そんな自分が、いまは〝番長〟として、先を見据え戦おうとしている。

ずっとボッチだったから、知らなかったんだ。

大切な人のためだったら、こんなにも、闘志が湧いてくるなんて。

――雫花先輩に、話さなきゃな。

秋良は思い出す。

未希《みき》から部活に誘われて断ったとき、「雫花先輩の手伝いがしたいから」と言ったことを。

──番長の仕事をもっとしっかりやるようになったら、雫花先輩の手伝いも、できないときが出てくるかも。

合わせて、いつも仲良くしてくれているお礼も、伝えたいな。

秋良《あきら》はスマホを取り出し、雫花へのメッセージを打ち始めた。

＊

同じころ、雫花は生徒会室で美藍《みらん》と話していた。

緊急会議である。

秋良が雫花の目の前で口説かれたのだから！

「危惧していた事態になってしまったわけか……」

香織《かおり》が秋良を口説いていた、という話をすると、美藍は深くため息をついた。

そう。美藍は言っていた。秋良の魅力に気づいて言い寄ってくる女性が、現れる危険がある、と。

「しかし、思ったより早かったな……まあ目の前で助けられちゃったんなら、惚《ほ》れても仕方ないかー。今回は先生だったのが不幸中の幸いだね。まだ陰キャに手を出すことはできないから」

「そ、そっか……」

そういう考えもできるのか。少しだけ雫花は安心する。

「でもまー、この感じだと、これからどんどん陰キャに惚れる女は出てくるだろうね」

だが即、奈落に叩《たた》き落とされた。

「そんな！　私が先に好きだったのに！」

「恋は先着順じゃないからね～」

「うわあああん」

「だけどさ、会長。それでもいまのところ一番仲がいいのは会長なんだから、このアドバンテージがあるうちに、告《こく》るんだ！　腹をくくれ！」

「で、でも……」

「時間がないんだよ！　いつ、誰が陰キャに告るかわからないぞ⁉　陰キャだって高校生男子だ。フリーの状態で告られたら、お試しで付き合っちゃうかもしれないぞ⁉」

「イヤ！　ぜったいイヤ！」

「だったら頑張るんだ！」

「う、うん」

美藍に背中を押され、雫花はスマホを取り出した。

瞬間、ブルッと震えてメッセージが着信する。

「秋良くんからメッセージだ。――え⁉」

「どうした、会長！」

「だ、だだだだ大事な話があるから、このあと屋上で話せませんか、だって！　なんだろう⁉」

「こ、これは……」

美藍はゴクリ、と唾を飲み込むと、

「絶対、告白だろ！」

＊

屋上の扉の前で、深呼吸する雫花。

――もう秋良くん、来てるかな？　来てるよね？

扉を薄く開けて、外を確認してみる。

「わあ……」

夕日の下でたたずむ、すらりとしたシルエットに息をのむ。

そこにいたのは、番長モードの秋良だった。

いつもの控えめな感じではなく、しゅっと背筋を伸ばし、堂々と、我ここにあり、と主張するかのような立ち姿。

それでいて少し愁《うれ》いを帯びた、美しい顔——。

見ているだけで、心臓の鼓動がおかしくなるほどに、魅力的な姿だった。

秋良が眼鏡を取るのは、特別なときだ。

これは、やっぱり、すごく大事な話なんだ……！

——行くぞ！

意を決して、屋上に足を踏み入れる。

「秋良くん！」

「雫花先輩」

秋良は雫花のほうを向き、微笑《ほほえ》んでくれた。

あまりに美しい笑顔に、雫花は窒息しそうなほど、胸を締めつけられる。

「話って、何……？」

雫花には刺激が強すぎて、すでに息も絶え絶えだったが、話を先に進めるために、頑張って訊《き》いた。

するといい秋良はまっすぐ雫花を見つめ、低く、落ち着いた声で言った。

「俺、雫花先輩に言わなきゃいけないことがあるんです」

い、言わなきゃいけないこと⁉

「俺、雫花先輩に、すごく、感謝してるんです。底辺の陰キャで、自分の力じゃ友達一人作れなくて、誰からも忘れられてた俺に、雫花先輩だけが、手を差し伸べてくれました」

「そんな……別に私は、何も……」

「雫花先輩にとっては当たり前のことなのかもしれません。でも俺にとっては、すごく、すごく、嬉《うれ》しいことだったんです。だから――先輩は俺にとって、一番、大切な人なんです」

――心臓が止まったかと思った。

私が、秋良くんの、一番大切な人⁉

「雫花先輩」

「は、はい……！」

「俺に、あなたを守らせてくれませんか？　ずっと、そばにいてほしいから……」

守らせてくれませんか？

ずっと、そばにいてほしいから……!!

これは、このセリフは……!!

『俺に、おまえを守らせてくれないか？　一生、一緒にいてほしいんだ……』

雫花の脳内で再生されたのは、聖書《バイブル》として恋愛の参考にしているあの漫画における、プロポーズシーン。

あのシーンで使われた言葉と、同じだ!!

もちろん、あのキャラは強引なタイプで、秋良は大人しいタイプだから、タメ口と敬語という違いはある。

でも内容は同じ!!

ドッドッドッド、と心臓が脈打っている。

体が爆発してしまいそうなくらい、強く。

こ、こ、これは……！

プロポーズだ‼

雫花《しずか》は盛大に誤解した。

秋良が「守らせてくれませんか？」と訊いたのは、「自分みたいな陰キャをこれからもあなたのそばに置いておいてください」という謙虚なお願いだった。

しかし……。

さまざまな緊張や嬉しさで舞い上がった雫花の頭脳は、あらゆる事象を、自分に都合のいいように解釈した。

「いま、日影《ひかげ》市の外から、ヤンキーたちが入ってきてるんです。この街の平和のために、俺は、番長として、もっとしっかり仕事することにしました。雫花先輩を守りたいからです」

頭がバーストした雫花にはほとんど秋良の言葉が耳に入ってこなかった。

ただ、「雫花先輩を守りたいからです」という言葉だけは、きちんと耳に入ってくる。

私を、守りたい⁉　そんなに……そんなに私のことが好きなの⁉

私も！　私も秋良くんが好き‼

「生徒会の仕事も、いままでみたいにはお手伝いできないかもしれません。すみません」

「よ……」

突然、雫花が脈絡のない言葉を発したので、秋良は首をかしげる。

「よ？」

「よろしくお願いしまあああす‼」

雫花はぶおん、と風を切るようにして頭を下げた。

角度は九十度。

完璧な、お辞儀。

雫花は、秋良のプロポーズをＯＫした。本人的には。

秋良はそんな雫花を見て、微笑んだ。

「はい、よろしくお願いします」

――こうして最強な二人の最弱な恋愛は、まだまだ続いていく。

おわり

あとがき

最初に謝辞を。

担当編集のMさん、Sさん、イラストレーターのNaguさん、水平線さん、その他、この本の出版に関わってくださった方々、ありがとうございます。

また、漫画エンジェルネコオカの関係者の皆様、いつもありがとうございます。

そして、この本を手に取ってくださったあなた。本当に本当に、ありがとうございます。

というわけで2巻です！

合コンゲームをしてみたり、少し遠出のデートをしてみたり——と1巻よりちょっとだけ近づいた秋良《あきら》と雫花《しずか》の関係をお楽しみください！　まあ、最強（物理）だけど最弱（恋愛）な二人なので、ホントにちょっとしか近づいてる感じはないんですが（笑）。

1巻に引き続き、不器用だけど愛おしい二人の恋愛に注目していただけると嬉《うれ》しいです。

どうぞよろしくお願いいたします！（土下座）

富士見ファンタジア文庫

私《わたし》より強《つよ》い男《おとこ》と結婚《けっこん》したいの2

清楚《せいそ》な美人生徒会長《びじんせいとかいちょう》(実《じつ》は元番長《もとばんちょう》)の秘密《ひみつ》を知《し》る陰《いん》キャ(実《じつ》は彼女《かのじょ》を超《こ》える最強《さいきょう》のヤンキー)

令和4年6月20日　初版発行

著者——高橋《たかはし》びすい

発行者——青柳昌行

発　行——株式会社KADOKAWA

〒102-8177
東京都千代田区富士見2-13-3
0570-002-301(ナビダイヤル)

印刷所——株式会社暁印刷

製本所——本間製本株式会社

●お問い合わせ
https://www.kadokawa.co.jp/ (「お問い合わせ」へお進みください)
※内容によっては、お答えできない場合があります。
※サポートは日本国内のみとさせていただきます。
※Japanese text only

ISBN978-4-04-074614-2 C0193

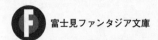

切り拓け！キミだけの王道
ファンタジア大賞
原稿募集中！
賞金
《大賞》300万円
《金賞》50万円
《銀賞》30万円
選考委員
細音啓「キミと僕の最後の戦場、あるいは世界が始まる聖戦」
橘公司「デート・ア・ライブ」
羊太郎「ロクでなし魔術講師と禁忌教典《アカシックレコード》」
ファンタジア文庫編集長
前期締切 8月末日
後期締切 2月末日